DOUBLE-CŒUR

DU MÊME AUTEUR

Aux Éditions Grasset

1 + 1 + 1..., *essai.*
LE ROMAN DES JARDIN, *roman* ; Livre de Poche n° 30772.
CHAQUE FEMME EST UN ROMAN, *roman* ; Livre de Poche n° 31617.
QUINZE ANS APRÈS, *roman* ; Livre de Poche n° 31975.
DES GENS TRÈS BIEN, *roman* ; Livre de Poche n° 32456.
JOYEUX NOËL, *roman* ; Livre de Poche n° 33168.
MES TROIS ZÈBRES, Guitry, de Gaulle et Casanova, *essai.*
JUSTE UNE FOIS, *roman* ; Livre de Poche n° 34050.
LES NOUVEAUX AMANTS, *roman* ; Livre de Poche n° 35175.
MA MÈRE AVAIT RAISON, *roman* ; Livre de Poche (à paraître).

Aux Éditions Gallimard

BILLE EN TÊTE, *roman* (prix du Premier Roman 1986); Folio n° 1919.
LE ZÈBRE, *roman* (prix Femina 1988); Folio n° 2185.
LE PETIT SAUVAGE, *roman* ; Folio n° 2652.
L'ÎLE DES GAUCHERS, *roman* ; Folio n° 2912.
LE ZUBIAL, *roman* ; Folio n° 3206.
AUTOBIOGRAPHIE D'UN AMOUR, *roman* ; Folio n° 3523.
MADEMOISELLE LIBERTÉ, *roman* ; Folio n° 3886.
LES COLORIÉS, *roman* ; Folio n° 4214.

Aux Éditions Flammarion

FANFAN, *roman* ; Folio n° 2373.

Aux Éditions Robert Laffont

LAISSEZ-NOUS FAIRE, *essai* ; Pocket.
RÉVOLTONS-NOUS !, *essai.*

ALEXANDRE JARDIN

DOUBLE-CŒUR

roman

BERNARD GRASSET
PARIS

Illustration de jaquette et dessins
(à l'exception de la Remington) : Fred Multier

ISBN 978-2-246-81697-3

« Si j'avais à écrire ici un livre de morale, il aurait cent pages et 99 seraient blanches. Sur la dernière j'écrirais : "Je ne connais qu'un seul devoir et c'est celui d'aimer." Et pour le reste je dis non. Je dis non de toutes mes forces. »

Albert Camus, *Carnets*, 1962

QUI SUIS-JE ?

Je m'appelle Alexandre Bulle.

On ne m'a jamais fait l'injure de me prendre pour un tiède. Toute ma courte existence, vingt-sept ans déjà, j'ai tenté de me faufiler vers la passion vive. Je n'ai pas la perversion d'être tempéré. Que voulez-vous, j'aime la foudre, les gifles du désir et les Niagara de douceur. Et je distingue bien l'abîme qui sépare les sentiments de la sensiblerie.

En exil chez les résignés aux passions brèves, il me fallait un peuple : celui de l'amour fou.

Le voici !

Les Double-Cœurs

En 1947 parut à Buenos Aires un petit livre scintillant de nouveauté – *Les Double-Cœurs* – dans l'indifférence générale. Cette année-là, rien n'eut plus d'importance pour l'homme ; mais le tintamarre médiatique mondial ne s'en aperçut pas. Cet ouvrage au destin prodigieux invite à créer « un peuple de l'amour fou ». Comment ne pas tomber amoureux de ces voleurs d'étincelles qui se font appeler les Double-Cœurs ?

Tous savent qu'*amour* et *passion* peuvent être synonymes, et que ces deux mots ne furent scindés que par des égarés. Ils s'autorisent l'extravagance, la fantaisie et le merveilleux. La tendresse illimitée est leur but.

Pour ces fous-sages, l'amour vivant est un enthousiasme, une douceur surhumaine, une soif de déborder, la possibilité de coïncider avec soi, une ambition et une naissance – pas qu'un sentiment.

Son auteure, Madeleine Lévy, publia ce texte avec son mari Xander Lévy. Celui-ci avait séjourné dans la nuit des camps. *Les Double-Cœurs* fut le premier livre du catalogue des éditions Orphéo[1], fondées en Argentine

1. Orphée n'est-il pas le héros qui visite les Enfers et en revient ?

à la fin de l'été austral de 1947. Rescapés du ghetto de Varsovie, ces deux amants avaient décidé de s'établir loin de l'Europe meurtrière. Madeleine l'écrivit avec la certitude d'être incomprise ; ce qui démontre autant d'orgueil que d'ambition. Dans ce coup de colère heureux, elle tempête contre les aime-petit et les peu-baisant. Madeleine les écrase d'adjectifs.

En quarante-deux pages allègres et prophétiques, Madeleine Lévy invite l'humanité d'après-guerre à faire de l'amour-création et du sexe déplafonné la priorité. Désinfecter le quotidien des compromis est pour elle l'unique religion. Elle frappe d'immoralité tout autre dessein, quelle que soit notre condition. L'ardente Madeleine claironne que la passion telle qu'elle devrait être – légère, joueuse, follement tendre – et non telle qu'elle se pratique à travers le globe sur un mode raisonnable ou dégradé est la seule fièvre décente, l'unique activité qui devrait dévorer nos journées et nos nuits. Que faire l'amour hors d'un bain de douceur ou sans perdre la tête relève du crime. Et que l'ego est l'ennemi du cœur.

Marilyn Monroe détenait de l'ouvrage une copie usée, offerte par Arthur Miller[1] ; J.F. Ken-

1. Il la tenait d'Ingrid Bergman qui l'avait lue en Suède. Il est évident que Miller, exagérément

nedy également, rangée dans sa bibliothèque privée à la Maison Blanche. C'est après avoir lu *Les Double-Cœurs* qu'elle chanta en public son « Happy birthday Mr President... ». On se souvient de sa volupté scintillante. Les yeux embrumés de désir, Marilyn déclarait la guerre au calme et à l'érotisme bâclé.

À la veille de sa mort, Jean Cocteau s'éprit de son écriture fatale. Conquis par la vitalité de son auteure, le poète le traduisit vitement en français. Puis il confia sa copie à un éditeur sexuellement omnivore[1] qui se fit voler le manuscrit par l'un de ses amants qui... par malédiction, le perdit.

En 2010, la version de Cocteau réapparut entre les mains de Dizzy, l'éditeur parisien légendaire : un atrabilaire intime de la joie, aficionado de la légèreté. Un de ces désillusionnés qui ont des accointances avec le cynisme. Ne supportant pas une seconde de solitude, ce sauvage civilisé est connu pour élever un ver solitaire dans son intestin, comme d'autres possèdent une bête de compagnie. Grand praticien de l'ironie, Dizzy dit

---

amoureux, adressa ainsi à Marilyn sa plus belle déclaration... Cette fille illimitée le comprit-elle ?

1. Il aimait les femmes, les hommes, les perroquets, les moutons, sa sœur, les écrevisses, les arbres, les guenons, les vers solitaires, les vierges, les flics en service et les cactus... Un cas très compliqué.

d'ailleurs *nous* au lieu de *je*, signifiant ainsi qu'il parle toujours au nom de son ténia et de lui-même. Son ver solitaire est garant qu'il aura toujours un ventre plat et que, même dans l'esseulement le plus cruel, Dizzy ne sera jamais insulaire. Sans doute est-il, en Europe, le meilleur spécialiste du pessimisme épicurien[1].

Comme Proust, dont il est intime, Dizzy est rongé de chagrin dès qu'il s'éprend. Il prétend qu'à l'instant où le malheur d'aimer s'abat sur lui, il est gagné par l'affreux pressentiment de l'instant où il aimera moins et celui du jour où, face à cette même femme, il entrera dans l'hiver de l'indifférence.

Infiniment intéressés par une très blonde *polista* – joueuse de polo –, Dizzy et son ténia séjournaient en Argentine. L'éditeur écrivain entendait gagner les grâces d'une Pénélope Lévy, descendante directe de Madeleine. Cette dernière l'accueillit en lui parlant d'elle, c'est-à-dire de ceux qu'elle aimait.

Ces Lévy-là l'éblouirent plus qu'il ne pensait pouvoir l'être ; ce qui l'enthousiasma et l'inquiéta un peu. Jamais il n'avait rencontré une tribu aussi douée pour l'allégresse,

1. Il surclasse les amateurs tels que Philippe Sollers, le truqueur Régis Debray, l'éblouissant Fernando Pessoa, etc.

pour la douceur illimitée et la chance, plus apte à l'amour. Cette famille s'accordait une liberté charmante : ils marchaient pieds nus en toutes circonstances afin de demeurer en contact avec la terre ; excentricité qui leur valait un sobriquet : *los Descalzos*[1]. Tous ou presque ruisselaient de fous rires, étincelaient de facéties et de sensualité heureuse.

Chose rare, leur ego était minuscule. La modestie les parait d'un charme rare.

La belle Pénélope avait l'éclat et la silhouette fluide de son arrière-grand-mère Madeleine. Son humour fulgurait, emballait. L'ADN du bonheur rôdait dans les gènes des *Descalzos* à un point tel que Dizzy songea en frissonnant :

— *Dieu merci, ces mauvais exemples vivent loin de l'Europe. Le malheur et la lucidité ont encore de beaux jours à couler à Paris... Personne dans notre hémisphère ne soupçonnera jamais qu'une filiation si heureuse existe sous l'équateur...*

Conversant avec la veuve de Xander, l'encore très séduisante Madeleine, Dizzy apprit ainsi l'existence d'un livre bref mais déjà mythique en Argentine : *Corazón Doble.*

Le lisant à la hâte entre deux matchs de polo, Dizzy en fit aussitôt l'acquisition pour les éditions des Saints-Pères[2]. Il se réserva même

1. *Les Nu-pieds.*
2. 61 rue des Saints-Pères, à Paris.

la totalité des droits européens de l'ouvrage *afin de ne pas le publier*. Ce texte trop lumineux, trop convaincant, trop charmant dans ses colères, trop libre aussi, lui était apparu comme la source de rêveries funestes dont il fallait protéger nos contemporains.

Dizzy est accoutumé à cette pratique éditoriale qu'il juge salutaire pour tous. Dès qu'il flaire un livre diffuseur d'un bonheur trop démocratique, il en achète les droits pour le bloquer. Prudent et allergique aux promesses factices, il refuse que les populations de l'hémisphère Nord se fassent berner par des marchands d'illusions. Les éditions des Saints-Pères disposent ainsi d'un stock impressionnant de droits stérilisés. On y trouve des best-sellers en puissance qui auraient, selon Dizzy, égaré et détérioré les foules, mais aussi de ces textes ciblés qui auraient pu faire pivoter leur temps en s'adressant à quelques-uns. Pour lui, *Les Double-Cœurs* appartient aux deux catégories ; ce qui ne laisse pas de le troubler.

En retournant à Paris, Dizzy songea en misanthrope avisé : « Ce n'est pas le tout de jouir. Il faut encore que les autres ne jouissent pas. » Son idée était d'enterrer à jamais ces quarante-deux pages trop séduisantes. Aucun livre ne devait ébrécher sa certitude que la passion est vouée à s'étioler. Ce dépité avait été assez tabassé par ses ruptures pour le savoir.

Mais Dizzy, habile stratège des Lettres, commit pourtant une maladresse.

L'erreur de Dizzy

Dizzy eut la faiblesse de se rendre en Corse avec son ténia. Intimement liés, tous deux rejoignirent une maison où Jean d'Ormesson villégiaturait pour raisons sentimentales. Dizzy aime fréquenter les magiciens qui se vaporisent d'allégresse.

Croyant un soir s'introduire dans la chambre d'une journaliste tunisienne[1], en apportant avec lui un sac de pétales de roses, l'aventureux d'Ormesson se glissa par erreur dans celle de Dizzy qui, de son côté, expérimentait son corps dans une autre chambre. C'est dire si la perspective d'une étreinte volée égarait la grande santé de l'insubmersible Académicien. Heureux, songeant sans doute aux amours de Chateaubriand, il se dénuda aussitôt, dispersa les pétales, s'alita et, sans doute aimanté par le titre, se mit à feuilleter *Les Double-Cœurs* – dans la version

1. À qui il avait susurré cette phrase exquise lors du dîner : « *Et si ce soir on essayait quelque chose ?* »

traduite par Cocteau – qui se trouvait sur la table de nuit de l'éditeur. Le texte de Madeleine le subjugua. Son élan eut alors sur le cerveau de Jean d'Ormesson un effet tel qu'il en négligea l'attrait de la journaliste – l'événement est si extraordinaire qu'il convient de le noter. Les yeux bleus en érection, d'Ormesson photographia méticuleusement les quarante-deux pages et, par la suite, ne put réfréner sa joie d'en lire des extraits à toutes celles qui eurent le privilège de fasciner son imagination.

C'en était fini de toute discrétion.

Paris, l'Europe furent au courant.

Et bientôt l'Amérique.

Pas une conquête dormessonesque, une journaliste continentale ou insulaire, qui ne reçût par SMS un fragment de ce livre magique – recopié ou photographié.

Depuis, ce mince volume de quarante-deux pages change notre époque, l'allège et l'améliore – quoi qu'en disent tous les Dizzy de la terre. Jour après jour, ce texte de la plus fine marqueterie replace l'amour quasi parfait, raillé par les pisse-froid, les négligents et les frileux des sentiments, au cœur du projet si hésitant de nos sociétés.

La religion de Madeleine enflamme, ses Devoirs aux allures de jeux érotiques ou d'exercices de douceur emballent et sa géographie de la passion[1] conquiert. Madeleine est bien la nouvelle Madeleine de Scudéry, cette grande amoureuse qui légiféra au XVIIe siècle les règles de l'amour courtois en dessinant la fameuse carte de Tendre qui, pendant plusieurs siècles, servit de guide aux amants occidentaux. Il s'agit d'une représentation topographique et allégorique des étapes d'une vie sentimentale accomplie de manière galante – entendez portant l'excitation féminine à son paroxysme.

Madeline Lévy affirme que la vocation de l'amour est de triompher et d'organiser notre évasion du monde des Tièdes, des Pasfous et des Presque-morts. Ah que j'aime cette vivante ! Elle infuse dans nos cervelles l'idée que seule l'épopée amoureuse – scénarisée avec démence, liberté et délire de tendresse – sculpte la partie haute de notre être – si on veut bien en faire une discipline artistique. Une danse et un pur *thriller poétique* !

Malgré la manœuvre de Dizzy, véritable Joker du mal qui se targue de protéger l'humanité du poison des illusions trop persuasives, ce petit livre est train de changer la donne culturelle. Il ventile son optimisme. Plein d'une rage heureuse, *Les Double-Cœurs*

1. Voir la carte de Tendre des Double-Cœurs au chapitre suivant…

propose à tout un chacun d'aimer autrement, en écoutant ce que la vie veut pour nous : partage féerique à volonté, bain de frissons chaque soir, petits déjeuners aphrodisiaques, rendez-vous incessants avec la face cachée de l'autre et injection constante de poésie dans les heures bénies dédiées à l'amour ! De l'écoute silencieuse en parlant aux arbres ! Chacune de ses pages est néfaste au cynisme dizzyen.

Écrit au lance-flammes, ce brûlot n'est pas sans affinités avec *Le Prophète* de Khalil Gibran. Il dégomme les tièdes, crucifie les inattentifs, valdingue les porcs et discrédite la fabrique à poufs. Sans doute est-ce le seul texte qui aura jamais revigoré une civilisation qui oublie qu'aimer n'est pas collectionner des peaux ou s'asphyxier de fidélité mais décrocher un destin.

La carte de Tendre des Double-Cœurs

Les zigzags de Madeleine Lévy

Les zigzags biographiques de Madeleine témoignent avec éclat de sa fringale du vivant. Nous n'avons pas affaire à une hésitante, ni à une spécialiste de la soumission.

Nature itinérante, dotée d'un corps qui ne peut pas cesser un instant de danser la valse ou le *bailando*[1], Madeleine Lévy s'est échappée très jeune de la forteresse de son clan. Une famille de Juifs *upper class* qui mijotaient dans les vertus alsaciennes. Des rigoristes amidonnés de religion. Son père était pourtant athée. Dieu rendait des visites à ce banquier sans jamais s'installer en lui. Dès ses dix-neuf ans, Madeleine a été curieuse de s'insérer parmi les événements du siècle.

Pressée de nager dans l'air du temps et de vivre double-ration, cette dératée immodeste semble atteinte d'un perpétuel « bougisme ». Quand elle n'aime pas, l'affamée se croit morte. Ses rencontres doivent tout à la littérature du coup de foudre. Le carrousel de ses désirs l'emporte par-delà les frontières[2] !

---

1. Elle travaillait son *bailando* une à deux heures par jour… C'est dire si elle savait vivre.

2. Bien qu'elle n'eût pas de pièce d'identité. Madeleine Lévy était contre, par principe et fierté. « Je sais qui je suis ! » s'écriait-elle quand on tentait de lui faire obtenir un passeport. Jamais elle n'aurait condescendu

Vadrouilleuse donc, Madeleine entre vite en affinité avec les irréguliers pour qui le monde est trop petit. Sa virtuosité amoureuse les conquiert, sa douceur les arrime. Bien des détails ont échappé aux annalistes, mais la vérité est là : Madeleine Lévy slalome parmi les créateurs d'idées aux commandes du siècle, qu'ils aient ou non déjà jailli sur la scène de l'Histoire. À chaque rupture, elle exécute son amant en paysanne qui liquide sa volaille avec tendresse.

Reporter aux côtés d'un André Malraux mordu de sa cambrure lors de la guerre d'Espagne, amante motivée de Gene Kelly qui la fouette avec délice en Californie, élève de Carl Gustav Jüng qui reluque son postérieur en Suisse et l'initie à sa pensée, maîtresse d'un Trotsky amphétaminé qui, à Mexico, oublie dans ses bras sa panoplie idéologique et danse fébrilement le tango des nuits entières, modèle d'un Picasso qui lui vole son image et bâcle en sagouin leurs culbutes montmartroises, cette intellectuelle a tôt rompu avec son clan.

Les siens renaudent devant sa façon de lire aux éclats, de rire trop et de rafler sa part d'excès de vie.

à laisser un rond-de-cuir définir son identité par un coup de tampon chargé d'officialité.

Ils tiennent d'ailleurs le plaisir en grande suspicion. Tous semblent avoir très mal supporté que Madeleine soit, à ce point, une chasseuse de bienséance. Ses licences les tétanisent – notamment quand elle s'amouracha d'un rabbin et de sa femme, en baisant les deux avec une tendresse parfaite. Parfois, elle fait les honneurs de sa volupté à ses admirateurs et s'offre comme un cadeau de Noël, pour Hanoukka ou un anniversaire[1]. Ou alors elle se vend avec amusement, afin de découvrir la courtisane en elle. Augmenter son caractère d'un nouveau personnage la grise.

Madeleine essaie toutes les danses des années 30, jazze son quotidien, charlestone ses élans. Elle fait tourner sa vie sur peu de manèges : la passion, le sexe déplafonné, l'orgie de douceur, le soleil froid des vanités sociales. Au Casino de l'amour, elle fait sauter la banque chaque soir. Madeleine a dû merveilleusement plaire aux hommes. Son Paris bohème est un laboratoire charnel. Impératrice de l'alcôve à Montparnasse, elle s'essaye même en 1936 à la galipette diversitaire, mêlant dans ses frasques staliniens puritains et fascistes brevetés.

---

1. Elle s'offrit ainsi à Freud, jaloux de ses liens avec Jüng, pour la Noël de 1931 et se donna au gardien de son immeuble pour son anniversaire en 1933. Tous deux s'en montrèrent enchantés.

Studieuse, elle fait obstinément médecine, rejoint les pionniers de la pédiatrie, devient une sorte de pré-Dolto des années 30, sans imaginer qu'elle écrira un jour et se hissera au rang d'éditrice.

Madeleine rencontre son mari Xander Lévy à l'été 1939. Après le tumulte, elle découvre la pleine conscience de soi et de l'autre. Entiché de fantaisie, empanaché d'enthousiasme, danseur de tango, ce Polonais retrousseur de poncifs possède un cerveau encyclopédique. Il l'initie au renoncement à l'ego. De son aspect comme de son maintien irradie la virilité. Intellectuel gargantuesque, gobeur d'essais et grand avaleur de romans, traducteur hors pair de récits de pirates, très juponnier, ce diable d'homme tient à ce que tout dans sa vie soit disproportionné : les désastres comme les triomphes. Ses préoccupations sont celles d'un personnage de la Renaissance. Poète latiniste, spécialiste de la douceur fabuleuse, peintre de fleurs en trompe l'œil (ses préférées), archéologue menteur à ses heures, explorateur véhément, voleur de rêves, géographe pinailleur, érudit en presque tout, flaubertolâtre, proustologue hilarant, habile masturbateur, fin conteur, botaniste indécourageable, érotomane fou de pétales, astronome du dimanche, ligoté par rien, Xander n'a qu'une obsession, celle de découvrir.

En mai 1940, ils s'épousent à Varsovie au lieu de filer explorer la canopée amazonienne. Ce qui était prévu. Ils entendaient y méditer ensemble nus. Le piège de l'Histoire se referme sur eux. Il fait un ciel merveilleux. Mais les événements marchent d'un pas rapide. Ils sont captifs de leur siècle. Les Polonais aux noms barbelés de consonnes ne sont pas franchement philosémites. Le quotidien se révèle vite exécrable. Les Allemands n'aiment pas danser. Dans l'inflexion des circonstances, Xander et Madeleine s'adorent tant qu'ils ne saisissent pas à temps qu'il faut se carapater loin des SS aux yeux huilés comme des roulements à billes, prêts à emballer le moteur du crime.

Xander ose tout pour colorier leur passion dans le gris sale du Ghetto : séances de tantrisme, facéties symbolistes pour conjurer les maléfices, fleurs dessinées sur des cartons déchirés, fous rires érotiques, poésies chuchotées afin d'effacer le morbide du décor, concerts chantés *a cappella* en l'absence d'orchestre symphonique. D'un presque rien, ce farfelu fait presque un tout. Avec lui, le sexe n'est pas vibration mais révélation, catapultage vers la perfection. Pour cet archéologue, la jouissance est un instrument de fouille en soi-même. Et le tango une hygiène sentimentale.

Lors de l'insurrection du Ghetto de Varsovie,

en mai 1943, Madeleine et Xander sont séparés. Immense bagarre entre des bazookas et des squelettes fiévreux qui, les armes à la main, sauvent la dignité de notre espèce. Le carnage à Varsovie, si minutieux, ne laisse à Madeleine aucun espoir de retrouver jamais le sourire de Xander. Échappant on ne sait comment à ce pogrom monstre, lucide sur le décès de son époux, le cœur pulvérisé, Madeleine parvient à gagner la Suède. Avec son audace pour seule sauvegarde, elle a réussi la traversée de l'impossible. Spécialiste de l'éclat de rire, elle y prend le ton du chagrin. Comment se remettre d'un homme qui ressemble à la joie, à un cœur qui vit comme les Trois Mousquetaires réunis en un seul enthousiasme ?

En 1946, ne voyant pas Xander revenir des ténèbres, Madeleine tente de vivre. Elle se remarie avec un pharmacien de Göteborg d'une gentillesse réfléchie, de mœurs excellentes et totalement dépourvu de pittoresque. Morte, elle attire les morts. Ingmar meuble sa vie, joue au ping-pong avec elle et ignore tout des sortilèges de la tendresse. Comment décrire la honte de Madeleine ?

Elle fait l'expérience du gouffre.

« Comment Dieu, outillé comme il l'est, a-t-il fait pour tremper dans une histoire pareille ? » se demande-t-elle alors, perdant foi en presque tout à Stockholm. Un rescapé du Ghetto lui dit avoir vu Xander brûlé vif dans une maison transformée en fort Chabrol de l'ultime résistance juive. A-t-il grillé les armes à la main ?

La nausée de Dizzy

Ce qui suit éveilla chez Dizzy davantage que du désespoir : une forme de nausée, comme à chaque fois que le destin s'ingénie à lui prouver que le merveilleux existe envers et contre tout. La moindre tache rose sur le linceul de l'Histoire éveille chez ce dandy une amertume incontrôlable.

De retour à Varsovie en 1947 pour tenter de récupérer un extrait d'acte de mariage réclamé par un notaire suédois, Madeleine s'égare dans cette nécropole. Somnambuliques et hâves, les Polonais errent, survivant dans des caves empierrées, régressant à l'état de tribus itinérantes. Tandis que Madeleine se demande comment vivre et penser après un tel cataclysme, elle se cogne contre un passant, à l'angle d'une rue.

L'homme s'arrête, éberlué.

C'est Xander amaigri, traînant des restes de dignité.

Acculés au bonheur, ils s'étreignent et esquissent quelques pas de tango.

À la loterie de la Shoah, ils ont tous deux

tiré le bon numéro. Lui aussi l'a crue assassinée – aucun gibier juif ou presque n'ayant survécu. Survivant d'Auschwitz-Birkenau, Xander n'imaginait pas qu'elle s'en fût sortie. Six mois plus tôt, surmontant sa bile politique et le cafard d'être né qui le rendait si allègre, il s'était remarié, dans le but de juguler son chagrin. Arrachés à leur pessimisme, Madeleine et Xander ont aussitôt divorcé l'un et l'autre pour se réépouser à Paris, en fanfare.

Ils dansent trois jours et trois nuits.

Madeleine croise alors, à Montparnasse, un certain Jean Jardin, vichyste désireux d'aimer une Juive pour se faire pardonner son égarement politique. Dans l'euphorie de la Libération, Jardin se fait charmant, distributeur de bons mots et délicat danseur. Épris des destinées fougueuses, il est ébloui par le sirocco Madeleine. Elle est dupe de son charme. Mais les espérances de Dizzy – enfin un peu de franche saloperie pour atténuer ce déluge de chance – sont vite douchées. L'habile Jardin la séduit trop, au point que Madeleine décide de s'enfuir avec son Xander à l'autre bout des océans, à Buenos Aires. Elle ne sera pas la femme de ce compliqué.

Le couple retire à jamais ses chaussures et fonde la dynastie des *Descalzos*. Ces deux modestes entrent alors dans l'aventure d'une monogamie hypersexuée qui va s'étirer un demi-siècle. Cinquante ans de voluptés dansantes à robinet ouvert et de joie chimiquement pure[1] ! D'expérimentations érotico-foldingues vécues pieds nus ! Et d'éclairage de la beauté de Madeleine, toujours mise en valeur avec un soin extrême dans les demeures qu'ils habitent. Éclaire-t-on jamais assez bien le visage de celle qu'on aime ? Madeleine se fait tatouer sur le bras le numéro de déporté de Xander, à l'encre bleu-vert provenant d'Auschwitz. Un soldat américain de ses connaissances en avait récupéré une petite bouteille dans le bâtiment où l'on marquait les humains à qui l'on déniait cette qualité. Le genre de détail romantique qui écœure Dizzy. Pas un jour où, dans la frénésie de s'être retrouvés, ces deux-là n'obstaclent leur passion pour la stimuler.

C'est en duo, portés par leur emballement érotique et le tantrisme le plus doux, qu'ils créent leur maison d'édition au fond de l'estuaire de la Plata. Madeleine en oublie la pédiatrie. Ils y animeront pieds nus toutes les saisons de la vie intellectuelle argentine de l'après-guerre. La maison Orphéo – où l'on a tant dansé parmi les caisses de livres – ne cessera jamais de désigner du doigt les goulags

1. On dit que Xander et Madeleine savaient tout faire *l'un dans l'autre* : préparer une tarte aux pommes, réviser un texte, conduire, peindre, nager, écouter les nouvelles, etc.

tropicaux, les Loubianka africaines et les gauleiters latino-fascistes – tout en publiant des ouvrages qui brigueront tous les prix d'infamie. Bat chez eux quelque chose du cœur de la révolte des hommes. Ensemble, les époux-amants font tout : une vie, des Lévy (les vies).

Chaque soir, après leur travail éditorial, Xander et Madeleine allongent la liste de leurs fantasmes – à vivre ou à inscrire dans leur colonne *peut-être.* Avec eux, tout le mal pensé devient pensable et envisageable. La tendresse dingue les requiert. Ils se font construire des cabanes dans les arbres de la Pampa pour s'aimer loin des ennuyeux. L'ivresse du bonheur s'engouffre dans leurs draps. Tous deux savent que mésuser de son cœur est un suicide lent. Comme le répétait Xander : « Oublions le plaisant et ne gardons que l'exquis, l'inimaginable et l'inoubliable ! »

Du miracle varsovien est donc née chez Madeleine une confiance exorbitante en la vie. Au sortir de la Shoah, cette Franco-Polono-Suédo-Argentine ne croit plus qu'aux sortilèges du cœur. L'amour n'est pas seulement ce qu'elle distribue, vend ou reçoit, c'est surtout l'horizon de son âme. En marge de sa vie éditoriale, Madeleine Lévy se met à récuser les fondements mêmes de notre culture millénariste.

À la fin du monde – qui vient tout de même d'avoir lieu dans le Pacifique et dans les mornes plaines de l'Europe continentale –, elle veut une suite radicalement autre, axée sur le sexe, l'omniprésence de la douceur et l'amour empanaché d'excès[1] qu'elle mêle à des exercices de méditation. Après le crépuscule de tout, la crémation des si fragiles, le bombardement des villes françaises et les bûchers d'enfants, Madeleine opte pour un lever de soleil amoureux. Elle refuse le ravalement des façades proposé par les penseux de l'après-guerre, ce toc édité partout, *nrfisé* comme on disait alors[2], tout ce déjà-vu marxisto-bégayant qui semble ignorer l'importance de la douceur. Halte aux momies de l'existentialisme en vogue et aux doxa-stationnaires ! La résurrection de Xander nourrit chez elle l'appétit de ne plus vivre que par le cœur, les massages et le cul. Seule la jubilation amoureuse en majuscule lui semble assez puissante pour tout vouloir recommencer.

Deux ans à peine après l'incendie de Dresde par le phosphore et l'agonie d'Hiroshima par l'atome, Madeleine Lévy ne croit plus que les grandes valeurs occidentales – raison,

1. Les lettrés flaireront qu'elle fut inspirée par une joie spinoziste hyperbolique.

2. Publié à la NRF, bien sûr, pivot de l'édition européenne d'après-guerre, honorabilisée et tout à fait étrangère à l'aventure de la lucidité sexuelle célébrée par Villon et Rabelais, nos grands épiques.

progrès, travail – constituent une matrice féconde. En publiant *Les Double-Cœurs*, elle veut rompre ces amarres-là et propose, en suivant ses consignes, de fonder une communauté de fous d'amour capables de revitaliser le siècle. Il s'agit, ni plus ni moins, d'inventer un négatif du film que l'humanité s'est projeté jusque-là, de recalibrer la morale et de reprendre l'Histoire là où Homère l'avait laissée.

Elle prône un retour de l'héroïsme.

Par le cœur.

En apprivoisant la chance.

Et en se construisant des cabanes d'amour.

Lorsqu'il m'a été donné de lire l'exemplaire personnel de Dizzy – ce dernier me l'avait confié avec répugnance pour me montrer *ce qu'il ne fallait jamais écrire* –, je suis resté sidéré par cette invitation de Madeleine à la réfection de l'homme.

Il y a chez cette Suédo-Polonaise très parisienne un besoin d'être toute d'une pièce. Elle vomit la quincaillerie idéologique et les resucées des fables du siècle du charbon. Merveilleuse, Madeleine ne raisonne pas là où il faut ressentir.

Sur le moment, je n'ai pas su trop quoi penser de sa contre-culture fondée sur l'annulation de l'hypocrisie et l'injection dans la vie de couple d'un fort dosage de poésie.

Même si ses prescriptions m'enfièvrent,

son atypisme ne fait-il pas d'elle une utopiste bercée de démences ? Son « manifeste de la galanterie moderne » est-il un bréviaire voué à finir au pinacle de l'Histoire ou dans l'herbier des théories fanées ? De l'agit-prop pour puceaux du cœur ? Les Devoirs amoureux et érotiques que cette *Descalza* célèbre sont-ils un remède sérieux pour se regonfler d'espoir ou une providence bidonneuse ?

Une chose est certaine, son émulsion littéraire m'a confirmé dans mes rêves. Cette fournaise à concepts m'a littéralement allumé.

Qui suis-je vraiment ?

Je m'appelle donc Alexandre Bulle.

Et je carbure à l'illusion réalisée.

Ma mère me répétait que, dans notre famille, nous sommes nés pour vivre très peu de choses. Aimer sans frein nous suffit. Alors je me bats vaille que vaille contre le manque d'imagination et cite à tout-va mes professeurs de déraison : Nietszche, Musset, Batman, Géo Trouvetout. Cap sur l'action au quotidien, j'ai besoin de tornades d'initiatives. À chaque minute. L'idée du mariage ne m'a jamais servi de reposoir.

Hier, j'aurais bien aimé passer deux heures avec mon Églantine, à embrasser de vieux arbres pour nous gorger de leur vitalité.

Et ce lundi, j'exulte en sortant d'un rendez-vous avec ma banquière. Une créature molle, inapte au déploiement des folies douces. Pas le genre à danser le *bailando* sur les tables des cafés[1]. Cette normalisée doit penser que les voyages de noces ne se font qu'une seule fois ou que forniquer à la régulière le dimanche matin n'est déjà pas si mal.

Aussitôt, je décroche mon téléphone et appelle Églantine :

— Ma chérie, j'ai l'accord de la banque...

— Quel accord ?

— Pour notre crédit !

— Le crédit... balbutie-t-elle. Tu étais sérieux ?

— On va pouvoir se faire fabriquer un « lit-bibliothèque », cerné de paniers de bouquins et rempli de coussins. Ça n'a pas été facile. Ils ont des crédits pour les machines à laver, pas pour ça.

— Un « lit-bibliothèque », tu dis ? répète-t-elle d'une voix suspicieuse.

— Oui. Un lit-cabane...

— Pour de vrai, Alexandre, tu veux qu'on dorme tous les soirs dans des romans ?

Excité, je rappelle à Églantine qu'il est immoral d'emprunter de l'argent autrement que

1. Certains sont, comme cela, calcifiés d'inertie, pétrifiés de non-désir.

par amour ; puis je lui explique ma détermination à nous faire construire une machine à dormir-s'aimer-lire-rêver, mi-bibliothèque, mi-pucier. Nous pourrons enfin tout y faire sans jamais nous disjoindre : l'amour impudique, chanter comme des hurluberlus, croquer des fruits, lire-ensemble, travailler-entre-ses-jambes... tout en attrapant des romans, des bouffées de songes. Un lit d'inspiration balino-victorienne pour le peau contre peau en cueillant des cerises. Les piliers seront de véritables arbres fruitiers ! Les amoureux ne peuvent pas s'aimer dans des meubles en bois mort.

Sur nos draps, nous ferons imprimer des citations de nos écrivains favoris, les artistes du noir comme ceux qui s'achètent une légende à coups de folies.

Je lui glisse sous le nez mon premier croquis[1].

— Hum... soupire-t-elle.

— Pour jouir sans fin, on ne va tout de même pas s'acheter un lit Ikea. J'ai envie qu'on s'absente dans un lit-bibliothèque, de faire des pauses mentales dans tes bras... d'y avoir rendez-vous avec notre plus extrême douceur... Ma chérie, je veux que tu jouisses à repeindre les murs de la chambre au milieu de nos bouquins.

1. Voir plus loin.

— Alexandre… murmure-t-elle, on n'avait pas dit qu'on changeait d'abord la voiture ?

— La voiture ?

Sortie brusque de l'ineffable.

— Et puis… quel est exactement notre projet de couple ? ajoute-t-elle.

Le terme « projet de couple » me fait aussitôt penser à « projet industriel », à ces mots pétrifiés qui détruisent les émotions. Comment ose-t-elle parler de « projet » pour désigner l'infini ?

Comme une soudaine envie de me suicider.

Un morne oiseau survole mon âme.

Je sens bien qu'Églantine me soupçonne de m'engoncer dans une panoplie d'excessif.

Pourquoi a-t-elle donc formé le projet de déchoir ? Et de m'interdire tout accès à la poésie ? Pour elle, l'amour n'est pas une œuvre d'art. Églantine croit réellement que la passion est une fièvre, et non une puissance tutélaire qui a pour mission de refaçonner le réel. Comment peut-elle méconnaître que l'amour est joie pure d'inventer sa vie, une ivresse toute d'action ?

DJ et libraire

La nuit, je suis parfois DJ à Paris pour améliorer mon ordinaire, dans les quartiers où la dinguerie prospère, et le jour je vends des livres place de Clichy[1].

D'aussi loin que j'ai connaissance d'être celui que j'appelle *moi*, je me souviens de m'être construit des personnalités fictives aussi vraies que ce qu'on appelle abusivement « soi ». Il me surgit dans le cœur des Alexandre de substance romanesque. J'en note les contours dans un petit carnet sur lequel j'ai écrit *Alexandres*, avec un *s*. Aucun ne passe sous la toise de la décence. Certaines de ces versions de moi sont rudimentaires, d'autres délicates, d'autres encore ingénues ou carrément barrées. Parfois, je me mortifie dans l'humilité. Mon orgueil est alors caché, tragique. Chacun de ces Alexandre n'est pas un masque mais la vérité d'un rôle qui m'habite. Je m'accrois de leurs désirs. Chaque matin, je conçois même pour eux des événements (parfois imaginaires) qui les rendent euphoriques. Pas question de finir en collectionneur de déceptions.

Capituler devant l'imperfection de la vie m'est intolérable.

Libraire, je vends à des cœurs en déshérence des doses de songes. J'écoule les volumes des écrivains qui ont de l'amour une vision – réconfortante ou non – qui agit réellement

1. Librairie Gallimard, juste en face de la bouche du métro.

sur les âmes : Jane Austen souvent (*Orgueil et préjugés*), le professeur de tendresse Christian Bobin (*L'Inespérée*), Choderlos de Laclos par principe (*Les Liaisons dangereuses*), Madame de Lafayette parce qu'elle a tellement raison d'être mécontente du réel (*La Princesse de Clèves*), le pitoyable Alexandre Jardin aussi en combustion que moi (*L'Île des Gauchers*), sans oublier une poignée de romantiques de la déréliction (Byron, Mary Shelley, auteure frapadingue de *Frankenstein*, et quelques autres). On n'imagine pas les folies contraires que l'on peut inoculer à l'être humain qui aime sans sujet.

Les romans phares sont presque tous de grands déséducateurs, des professeurs de stratégie. C'est parce qu'ils n'ont pas existé que les héros fictifs nous créent.

Ils n'expliquent pas le sucre, ils le font goûter.

Ma cliente, mon amour

Lorsque j'ai rencontré la cliente qui allait devenir ma bien-aimée, il y a trois ans, Églantine me fit l'effet d'une spécialiste de la joie. Elle participait à des concours de flamenco à Séville ; ce qui signale une âme de qualité. Je la fournissais en romans d'amour dans le seul but de défoncer ses horizons. Acheteuse pour la grande distribution, cernée de raison, la pauvre Églantine méritait ces minuties. Je désirais l'emmener vers un amour déboutonné, une annexe du grand bonheur. Sa chevelure me semblait un soleil dans la librairie. En face d'elle, ma solitude cessa. L'amour vrai, c'est ça, la fin de la solitude. Parfois, on croit coïncider avec soi en face d'une femme.

Il fait alors très beau.

Le soir même, face au dernier cri du jour qui éclairait Montmartre, je décidai de lui faire une cour essoufflante, mais sans jamais céder à la tentation de me déclarer. Il s'agissait de déconcerter son désir tout en vaporisant notre histoire de sublime – un peu puceau, diront ceux qui ont un tropisme pour la baise. Mes volte-face au moment du baiser auraient pour unique objectif de nous épargner l'éteignoir de la vie partagé.

Au début, j'invitais Églantine à dîner en m'attachant à fuir ses lèvres fruitées. Me désirait-elle ? Je reculais aussitôt. J'entendais la soumettre à un pilonnage d'accélérations freinées.

Suspendre un désir, c'est mettre le temps de son côté et créer un pays où la glaciation de l'indifférence n'arrivera jamais.

Nos rendez-vous

Au premier rendez-vous, Églantine et moi nous retrouvâmes en face d'une parfumerie, sur l'avenue des Champs-Élysées. J'entendais lui offrir son parfum mais sans le payer, lui expliquai-je, afin que le flacon conserve l'odeur du risque que j'allais courir pour elle – afin de lui démontrer mon *amitié*. Ce mot froid la fit sursauter.

J'entrai aussitôt dans la boutique et le volai sous ses yeux stupéfaits ; puis nous filâmes à tire-d'aile vers l'Arc de nos Triomphes. Églantine ignorait que j'étais passé la veille régler l'objet de mon larcin.

Les vendeuses feignirent de s'alarmer. La piperie fonctionna[1]. Nous trinquâmes ensuite à notre « absence d'ambiguïté ». Rompue aux admirations empressées, la belle Églantine demeura muette de surprise.

Le soir même, nous filâmes danser le flamenco ; cette sorte de flamenco qui est un trait d'union avec le péché ; mais je la raccompagnai chez elle sans rien tenter. Puis je lui expédiai par SMS le cliché d'une chute

1. Ce jeu fut reproduit de nombreuses fois par les lecteurs des *Double-Cœurs*... toujours en quête de partages de bonnes idées émerveillantes, inspirantes, amusantes... et prompts à les reproduire.

de reins, nue et époustouflante, en m'interrogeant sur ses courbures avec une candeur étudiée.

Ces moments allègres me sauvèrent de ma tristesse de n'être que moi.

Deuxième rendez-vous

La deuxième fois, je conviai Églantine dans un restaurant qui surclasse la notion de luxe.

Bandant au-delà du concevable, je ne fis que caresser sa main, en y mettant toute l'intensité et la sensualité possibles, comme si j'avais eu le projet de la faire jouir par ce geste ténu, suspendu et démentiellement tendre. Perçut-elle toute mon intensité ? Je le crois.

Nous trinquâmes à nouveau au charme de notre « amitié pure et sincère » ; puis nous décampâmes en négligeant de payer l'addition, à toutes jambes, afin que cette soirée restât gravée[1]. Armé de sévérité, le patron au verbe caverneux était, bien entendu, de mèche...

Ce soir-là, je crus la vraie vie supportable.

---

1. Cela fut également répliqué des milliers de fois... N'hésitez pas à enchanter dès ce soir – ou demain – votre propre vie sentimentale !

Troisième rendez-vous

À notre troisième rendez-vous, j'invitai Églantine à souper dans un décor de cinéma qui convoquait le XVIIIe siècle frivole et enrubanné. Sofia Coppola tournait alors à Paris son *Marie-Antoinette* pistache et franfreluchеux. Soudoyé, le gardien ferma les yeux et nous laissa faire usage de la vaisselle de Sa Majesté, dans une reproduction des intérieurs du Petit Trianon. Certains décors vivent autant que les acteurs. Un parfait trompe-l'œil, un écrin pour notre fièvre retenue[1].

Églantine consentit à porter la robe aquarellée, grandement décolletée, de Marie-Antoinette. Porta-t-elle seulement des dessous sous ces frous-frous pastel ? La question fut posée, murmurée. Je lui fis connaître que la reine elle-même ne s'abaissa jamais à en mettre… Puis je me coulai dans le rôle de Fersen, son amant tout en retenue, et nous bûmes, une fois de plus, à l'angélisme impeccable de « notre belle amitié ». Quelque passion que j'eus de la voir comblée à quelque prix que ce soit, Églantine ne vit rien de mon émoi.

1. N'hésitez pas à faire usage de tout autre décor : bar d'hôtel féerique, réserve de décors d'opéra, terrasse inattendue, décor surréaliste de salon professionnel, etc.

Je la sentais « dans tous ses états » et feignis de ne pas le remarquer.

À minuit, nous avions injecté assez de fiction dans notre réalité pour tolérer la vie.

Quatrième rendez-vous

La quatrième fois, nous dînâmes – toujours pour célébrer notre amitié incorruptible – à une table dressée par les élèves d'une école hôtelière[1] en grande tenue ; celle qui forme les maîtres d'hôtel de l'Élysée, avec tout le tralala à la française. À la nuit tombée, nous y plantâmes un furieux coup de fourchette en nous amusant à nous donner la becquée. La question de ses dessous fut ouvertement non abordée ; mais je me permis de la consulter sur le bon goût d'une collection. Jamais souper plus succulent nous fut servi.

Ne pas jouer cartes sur table m'enchantait.

Elle semblait périr de mon indécision, brûler de toute sa chair. Quoi, n'était-elle pas assez séduisante pour que s'ouvrît entre nous une séance de craquage ? Aucun homme n'avait

1. Tapez sur Google *école hôtelière*... Il en existe forcément une près de chez vous qui organise ce type d'événement charmant.

jamais résisté à ce point à ses charmes manifestes, allumés et embrasés !

Cinquième rendez-vous

La cinquième fois, je nous laissai enfermer dans le Petit Palais, à Paris, dissimulés dans les toilettes[1]. Elle embellissait une robe gris perle qui lui faisait des jambes illimitées. Nous eûmes ainsi le loisir de souper devant des nus lascifs de Zorn, peintre qui excelle à représenter la chair en attente de jouissance. Ce moment coquin quoique très chaste n'eut, croyez-le, rien de muséifié…

Églantine devenait folle.

Ma retenue compulsive l'asphyxiait.

Je bandais, elle mouillait, nous citions Aragon.

Intrépides, nous fûmes alors les locataires d'un monde respirable.

Sixième rendez-vous

La sixième fois, ce fut dans un train de nuit qui filait vers Venise où, devant le *sfumato*

1. Se laisser enfermer dans des lieux magiques est une obligation pour les couples accomplis…

des brumes matinales se déchirant au-dessus du Grand Canal, je sabrai le champagne afin de célébrer « notre compagnonnage » pur et indestructible.

Églantine s'étouffa devant mon aplomb.

Était-elle si peu désirable pour que je la dédaigne à ce point ?

Étais-je un barbare pour la torturer ainsi ?

Ah, qu'il est doux de mettre l'autre en difficulté émotionnelle ! Et de la briser d'envie.

Septième rendez-vous

Notre septième souper – alors qu'Églantine était braise que je me décide enfin – se déroula dans le pied-à-terre parisien d'Helvètes fortunés. Ayant jadis gardé leurs enfants, en qualité de nounou-boy, j'en avais conservé les clefs.

Cette maison à peine réelle, enveloppée de mystère et juchée sur un faux arbre 1900, se trouve perchée au sommet de la Butte Montmartre. Sur les murs, on y trouve des photographies de nus qui invitent à la soumission légère sinon charmante, celle qui allège de toute responsabilité et dissout les dernières pudeurs. Je fis croire à Églantine que j'avais l'accord des propriétaires pour dîner là et ne lui révélai qu'au dessert, avec désinvolture, que… nous nous trouvions chez eux en qualité de cambrioleurs[1]. Je tenais à ce que l'inquiétude pimentât chacun de nos repas.

Nous fûmes servis : les proprios trouble-fête débarquèrent au moment où Églantine et moi étions au bord d'un baiser inaugural, à une encablure du fiasco.

Je trouvais tant de fraîcheur dans cet amour endigué ! Tant de joie à me hisser au rang de personnage décapé du gris ardoise de la vie. Et puis, la disette sexuelle fabrique une intensité qui s'enfuit dès que l'on se rue trop facilement au dénouement.

Même si ma queue souffrait.

Églantine est-elle un songe ?

Native de Cassis et de ses charmes ensoleillés, Églantine avait l'intelligence d'être légère, l'honneur d'être gaie et le talent de pétiller. La vitesse lui allait si bien. Son nez phénicien venait droit. On eût dit que le XVIIIe siècle tout entier l'avait choisie pour se poursuivre. Quand elle m'écrivait, elle n'utilisait que de l'encre sympathique qui n'apparaissait qu'en

1. Ne pas hésiter à faire cela… Ce semi-cambriolage est charmant. On ne verra pas un juge au cœur sec vous coffrer pour avoir voulu faire rêver votre moitié. Pas en France…

réchauffant tel papier à la lueur d'une bougie. Elle s'assurait ainsi que je ne la lirais que recueilli. Son esprit restait constamment sur la crête d'une curiosité, d'un doute, d'un enthousiasme. Sa beauté était faite d'un excès de joie même si Églantine avait ses nerfs, dont un de bœuf, contre la petitesse.

De notre amour, je ne voulais que le merveilleux qui assure sa perpétuité. J'entendais donc que s'éternisent entre nous les fièvres de l'attente.

Naturellement, je devinais qu'il serait difficile de me cramponner à cette ligne plus de quelques mois ; mais ce que ma raison me disait, mon cœur refusait de l'entendre. Dieu merci, mes complicités avec le bon sens sont rares. Les amours de petit tonnage et médiocrement scénarisées me révulsent.

Depuis mes treize ans, je sais qu'on ne coïncide avec soi que dans l'emballement.

Églantine fut d'abord un peu déroutée par cette débauche de rétention, puis exaltée, enfin secouée par le haut voltage de mes initiatives très cinématographiques qui se poursuivirent ainsi neuf mois[1]. Nous voyageâmes beaucoup, *en amis* : une torture. Et dansâmes

1. Je lui ai bandé les yeux pour l'entraîner jusqu'en Bretagne sauvage. Elle ne retrouva la vue que sur la terrasse d'un château médiéval qui surplombe les incertitudes de la mer. Sans l'embrasser surtout… Elle

souvent sans que jamais mes étreintes n'aillent plus loin. Étais-je sadique ? Palerme, Bangkok, Tbilissi, Ispahan et Tananarive restent pour nous synonymes de baisers éludés, d'orgasmes toujours repoussés. Au bord du Bosphore, elle faillit me violer dans un taxi, le soir, mais je m'échappai par la portière arrière. La plus belle de nos dérobades eut lieu aux Philippines, sur une île dans un lac sur une île dans un lac sur une île rafraîchie par les alizés[1]. Nous ne pouvions pas être plus isolés pour nous abandonner.

J'en profitai pour ne pas en profiter.

Dizzy avait raison

Hélas, l'imprudente maîtrisa mal sa libido. Le cœur gonflé d'une joie incompressible, Églantine finit par me culbuter avec une discrétion exemplaire[2] et une brutalité de passion qui ne l'était pas moins.

S'ensuivirent trois années tissées de compro-

---

m'en voulut, se demanda si je la désirais. Les femmes ne savent plus attendre.

1. *Vulcan Point Island*, dans le *crater lake* de *Bulkang Taal* situé au milieu de *Taal Volcano Island*, au sud de Manille.

2. Dans le silence d'un avion endormi qui nous emmenait vers le Bosphore.

mis, sans grand suspense. Alors que je ne voulais qu'une chose : que notre folie ne s'évente pas.

Ce qui advient à présent.

Notre amour est inutilisable. Les dessous d'Églantine manquent de songes, ses désirs de velouté et ses caresses d'emballement. Elle ankylose mon souffle vital.

Le flamenco a quitté son corps.

Une langueur de passage ?

Trichant avec mes rêves, j'ai désormais la bassesse d'accepter un quotidien taché de frustrations et, le soir, rempli d'heures creuses. Nous vivons dans un quartier discrédité, quasi mort, où l'ombre des passants s'enfonce sur des murs tristes. Je compense notre tiédeur en relisant *La Princesse de Clèves*. La décence a pris entre nous le pas sur la folie joueuse. Je suis à présent une voile qui répugne au vent. Un principe d'épuisement mine nos regards.

Églantine s'entoure de distances. Elle parle avec son humeur mais pense avec sa raison.

Désormais, Madame donne dans l'idée fixe.

Églantine n'est plus guère un esprit des Lumières acclimaté aux temps modernes. Elle théorise notre sur-place en déclarant qu'on croit à tort que les grands bonheurs sont ceux que l'on a convoités. Toute à sa rhétorique, elle affirme que l'on s'abuse ainsi, que ce n'est pas nous qui prenons le bonheur à nos pièges, c'est lui qui nous saisit par surprise. Églantine prétend qu'il est vain de courir au-devant de la féerie. Il vaudrait mieux attendre qu'elle nous visite. Ses idées ont dégénéré en convictions.

Sommes-nous devenus de très jeunes fossiles ?

Écrire ?

Dans l'appartement morne et encombré d'Églantine – pourquoi fréquente-t-elle à ce point les bibelotiers ? –, j'indexe à présent mes croyances sur notre époque crépusculaire. Imbibé par notre siècle flageolant, je me résigne. Être une demi-satisfaction me semble à présent presque normal. Je trempe dans le vasouillage marital. Nos lampes distillent une lumière quelconque sur ses traits.

Tout le monde ou presque ne vit-il pas ainsi désormais, en bordure du plaisir ? me dis-je ce soir en fixant les toits de Paris tandis qu'Églantine sommeille – forfait inexpiable – au lieu de me violer contre un mur.

L'idée du calme est dans son corps.

Et dire qu'Églantine eut au début l'enthousiasme exigeant, le cul prodigue, la lèvre avide… et la cambrure sévillane. Dieu qu'elle aima les petits coups de langue électriques dans le bas du dos, à la naissance de ses jolies fesses. Depuis quand ne m'a-t-elle pas bu avec bonheur ?

Aimer est pour moi, désormais, le moyen de pratiquer cette danse arrêtée qu'on appelle *la vie à deux*. Un exercice qui me crucifie et provoque chez moi une affection douloureuse, une sorte d'ophtalmie rhumatismale rare qui me rend la lecture difficile.

Le pire est qu'Églantine ne semble même pas insatisfaite de notre vivotement. Retranché du monde, j'ai pris sur le visage cet air ennuyé et patraque qui ne me ressemble pas. Je parle ici de moi, mais je suis à peine Alexandre Bulle en face d'Églantine. Je survis barricadé dans mes regrets, intime du malêtre, sans plus croire à l'été du bel amour.

À vingt-sept ans, je suis déjà un spécialiste du gâchis.

Pour ne pas sombrer, je me suis mis à écrire notre débâcle.

Les deux chapitres qui suivent sont ceux que j'ai adressés à Dizzy. Nous nous étions rencontrés lors d'un déjeuner de libraires organisé par les éditions des Saints-Pères. Mon chagrin tramé d'aigreur lui avait plu. Dizzy est rassuré par le dépit. La quête d'une douceur toujours plus intense lui semble une niaiserie.

Les fous sont ceux qui oublient de l'être par amour (adressé à Dizzy)

Comment une telle petitesse est-elle possible ?

Hier soir, dans notre lit, elle a logé ses boules Quies dans ses oreilles pour se séparer du monde et de moi ; puis elle s'est tournée de l'autre côté dans un pyjama douillet et, en boule, s'est endormie sans canailleries ; comme si elle ne croyait plus aux baisers fous ; sans même songer à me faire rire ; sans m'avoir lu des vers d'amour ni proposé de construire une cabane dans un cèdre ; sans m'avoir supplié de la faire fondre de douceur merveilleuse ; sans remarquer que je lui avais ménagé une surprise glissée dans une enveloppe sous l'oreiller ; sans périr de honte d'insulter ses rêves ; en oubliant que le métier de l'amour est de nous défier chaque soir.

J'en reste tabassé de consternation.

Nous vivons déjà sur notre mémoire. Morne tourniquet boiteux. Quand je détaille ses traits, c'est moins leur beauté qui m'est agréable que le fait qu'ils ouvrent un chemin familier à mes souvenirs.

J'ai longtemps accepté que la vie ne soit pas idéale – donc morte. Désormais, le plus mince compromis m'apparaît comme un scandale. Je sais que je suis né pour un chef-d'œuvre amoureux permanent, inusable. Qui me croit braque n'a pas vraiment aimé.

Les fous sont ceux qui oublient de l'être par amour.

Personne ne me chassera plus du Paradis (adressé à Dizzy)

L'enthousiasme de demain, ça n'existe pas.

Chercher le bonheur ne sert à rien, le vivre c'est mieux.

Savez-vous pourquoi suivre sa folie est sage ? Parce que les plans B sont inutiles. Ils ne peuvent avoir lieu car, en vérité, personne ne les désire.

À présent, je veux habiter un monde à l'endroit au rebours du nôtre, un univers garnementeux et tendre où la passion illimitée durerait une vie. Un monde de fous rires et d'hyperséduction où je pourrai être autre chose qu'un absent.

À vingt-sept ans et des poussières, mon constat de défaite est là, risible : je me suis jusqu'ici gaspillé dans un ménage ordonné, impavide et sérieux, qui tolère l'usage quotidien des boules Quies et du pyjama en pilou !

Ce qui reste de la vie quand on en a défalqué la passion ne passionne pas. Le résidu est une usine à dépit.

Arrimé à un couple fantôme, j'ai beaucoup soigné mes frustrations en baisant ailleurs. Fidèle à

Tinder[1]*, je m'éparpillais, me ventilais. Je faisais des escales dans l'envers de femmes ; ce qui, le temps d'un maigre vertige, atténuait mon amertume.*

Aujourd'hui, je refuse l'imperfection sentimentale et la sexualité décente. Je sais que l'amour est la seule activité qui fait de nous des mieux que nous. J'écoute mon imagination inflammatoire. Personne ne me chassera plus du Paradis. Puisque mon cœur incandescent sait tout, je lui obéirai et serai vivant.

Réponse de Dizzy

Mon cher Alexandre,

Votre premier chapitre saturnien est de la meilleure veine. Ce dépit presque jubilant nous[2] *touche, votre amertume nous enchante. Il en sourd assez d'aigreur pour vous vacciner contre le rose. Vous avez donc connu cette forme supérieure de*

---

1. Application de rencontres pressées et bestiales, en vogue au début du XXIe siècle, fréquentée par beaucoup de romantiques qui hélas s'ignorent. On peut faire un usage ludique de Tinder et rêver d'éblouissement sentimental.

2. N'oublions pas que Dizzy parle toujours au nom de lui-même et de son ver solitaire – son esseulement n'est jamais une solitude, même dans les bras de sa compagne. Son singulier est un pluriel non de majesté mais de situation.

déchéance qu'on nomme la passion... puis l'envasement obligatoire qui apprend que le pessimisme est la condition d'un certain bonheur.

Mais pourquoi diable ce retournement d'humeur dans le second ? Il empeste la candeur. Suis-je assez clair ? On vous y sent apostat de vous-même, dérogeant à votre vocation de désespéré. Ce parasitage de l'ennui par un rêve « inflammatoire » me consterne.

Soudain, vous paraissez oublier que l'optimisme reste la voie privilégiée des grands naufrages. Êtes-vous bien conscient que des formules comme « L'enthousiasme de demain, ça n'existe pas » teintent de ridicule leur auteur ? L'enthousiasme à gogo est une lèpre, un toxique moderneux et une proposition perfide – car elle est chargée de promesses intenables.

A-t-on jamais vu le « vulgum pecus » se comporter en voltigeur des sentiments, en praticien de la perfection ? Non, il lui faut du quotidien fastidieux mais réchauffant, des déjeuners du dimanche chez belle-maman, un précoce embaumement sécurisant, en ajoutant quelques « escales » chez Tinder en cas d'asphyxie. Rien de plus. Tout le reste crée des frustrations inutilement cruelles.

La vérité intangible est là : envisager le pire permet d'accueillir les rares instants sauvés, les sursis délicieux, chaque répit sucré, avant que l'indifférence nous glace.

Et puis, comment le dire sans manquer à la bonne éducation... il y a dans votre emballement comme un parfum d'eugénisme inavoué et un soupçon de vitalisme dévoyé. Vous dégagez implicitement les « sous-hommes » qui, par fatalité, doivent se contenter de peu ici-bas ; et votre dégagisme me répugne. Il pue le haut mépris.

Car enfin, que faites-vous de la foule des indésirés, des vieux affligés de « la paix des sens », des atrophiés de la grâce, des femmes assommées par l'âge aux charmes brouillés et des chairs usées que plus personne ne désire ? Et de tous ceux qui traînent des demi-amours dans des vies décharmées ? N'ont-ils pas eux aussi droit à un strapontin au festin de l'amour ? À un amour certes somnolent mais chaud, à portée de tous ?

Sous un blason de grand vivant vous prônez des vertiges qui, en vérité, ne sont accessibles qu'aux « happy few », à la jolie peuplade des comblés par la chance. Vous n'aimez – sans le dire – que les choyés du destin... les jeunes parés de toutes les grâces, pas la cohorte des « piteux au déduit ». Eugéniste !

Soucieux de vous voir vous écarter de cet eugénisme latent, assez odieux quand on y réfléchit à deux fois, nous vous saurions gré de revenir à la racine même de votre projet : l'aigreur programmée et le spleen chic qui vous va si bien. Là est votre chemin littéraire. Laissez les drogues dures de l'espoir à d'autres, aux égarés de la ritournelle creuse et débile.

Vous souffrez à merveille, cher Alexandre. Vos dépits ont de la grâce. Ne gâchez surtout pas votre carrière de supplicié de l'absolu. Trouvez-y votre meilleur pied d'appel, l'archet de votre déchéance intéressante ! Restez donc dans la contre-société des vaincus, des chagrineux conscients qu'un sentiment ploie, décroît et déchoit.

Les éditions des Saints-Pères attendent de vous un linceul, l'oraison de vos désirs, les obsèques de vos espérances en deux cents pages... Un bréviaire de l'incroyance sentimentale écrit par un naïf ne nous déplairait pas. Déconcertez l'illusion, foudroyez l'idéal, mon cher Alexandre, et dénudez les sentiments.

Je crois en votre beau malheur.

Dizzy

Je cherche un rond carré

Cette lettre m'effraie, me panique et m'encolère.

Quoi, pour être publié par Dizzy aux éditions des Saints-Pères je devrais baisser pavillon ? Et me faire l'apôtre d'une débâcle prétendument écrite ? L'avocat officiel du train-train sentimental que goûtent les morts ? Au prétexte débile que je serais nazi ?

Dizzy me glace. A-t-il donc perdu l'appétit d'aimer ? De quel bois son cœur est-il fait ? Aucun reliquat de romantisme, rien qui fasse de lui un complice de la passion... Ce faux gai ignore-t-il la fragilité de ceux qui ont l'honneur d'aimer ? Il traite de haut la vulnérabilité des cœurs qui s'ouvrent aux vents fous de la passion.

J'exècre les tâches ménagères qui volent des minutes aux fantasmes visités à deux, à la douceur pleine de rires. Et je vomis la langueur charnelle qui s'installe dès que l'exaltation s'absente ; cette existence sans suspense que mène alors un autre qui me ressemble, qui dit *je* à ma place et qui n'est pas moi.

Me dépriment également les vertiges que j'ai tirés des beautés arraisonnées sur Tinder. Aucune n'a déposé en moi de lumière. J'accepte enfin d'être venu au monde pour un chef-d'œuvre amoureux chronique, hilarant, qui expulsera de ma vie toute tempérance.

C'est mon unique envie.

Je ne suis pas bien exigeant ; je ne désire rien de plus que la possibilité d'être foudroyé par la douceur chaque matin, chaque midi et chaque soir.

Rien de plus.

On me dit que c'est chercher un rond carré,

que ça n'existe pas. Peu m'importe ! Seuls les carrés ronds m'intéressent. Dizzy m'assénera sans doute que c'est manquer à la modestie que de contester l'ordre des choses : le feu calcine, les vagues déferlent, la passion s'effilocherait. Ainsi l'auraient voulu le Ciel et la biologie. Mais pourquoi diable s'efforce-t-il de traverser la vie en faisant semblant de ne pas être triste ?

Eh bien non ! Quoi qu'en pensent les prétendus « lucides », le métier des grandes passions est de réussir. Et de nous faire renouer avec l'enchantement primordial de la vie, avec ce quelque chose en soi qui appelle la tourmente, la jouissance inouïe. À quoi d'autre pourrais-je mieux dépenser mon temps ? J'aspire à un amour trop grand pour moi. Je ne veux plus de chambre mal éclairée, de soirées sans ces interdits qui procurent des transes érotiques. L'incurie du non-romanesque me révulse[1]. Elle m'exclut de mon être. Négocier avec son désir est irrecevable.

1. « L'expérience de l'absurdité » dont parle Camus est une honte. Comment pourrait-elle remplir le cœur d'un homme ?

Mais comment exiger sa ration de sublime dans un siècle où l'amour n'est pas aimé ? En un temps où les amants, limités par des ambitions courtes, négligent leurs ailes ? Tout est Kleenex, résigneries, verre à moitié vide, oseries confinées, douceur écourtée, esprit de gravité et négligence ! Sept façons d'injurier la passion. Pourquoi avons-nous laissé se bâtir une société rabougrie qui pense sans honte que l'amour dure trois ans, que la volupté peut se passer de poésie et qu'écrire le mot *toujours* est synonyme de niaiserie ?

Comment avons-nous renoncé à notre soif d'infini ? Qui donc peut supporter de clapoter dans le sexe routinier ? Par quel avachissement de l'imagination nous résignons-nous à l'idée qu'il faudrait un harem dispersé pour fabriquer une femme d'exception ? Ou un quarteron d'amants afin de réunir le puzzle de l'homme parfait ?

Si vous êtes de celles et ceux pour qui l'amour est un art illimité, la douceur une fête et l'érotisme une religion, rassurez-vous. La résistance contre la petitesse s'organise. Un autre monde arrive, intensément galant. Il gagne du terrain, colonise des univers numériques ou réels trop paisibles et se faufile là où les cœurs blasés baissaient les bras.

Leurs idées acculent au bonheur, asphyxient de gaieté et écrasent d'optimisme. Les mesquins et les sans-imagination n'auront plus le dernier mot. La grâce sans borne l'emportera.

Ce qui se passe en vérité

Sans doute ne devrais-je pas dès maintenant confier certaines choses, mais mon enthousiasme me possède. Et puis je suis amoureux d'une Double-Cœur... LA femme avec qui je sais ne rien faire après n'avoir rien fait tout en le faisant très bien. « *The ONE* », disent les Nord-Américains. Alors quand on aime, on ne sait pas se tenir.

Je sais bien qu'un livre convenablement bâti ne devrait pas comporter ce chapitre à cet endroit et tout lecteur bienveillant aura le droit de m'en faire reproche mais... je cède à la joie de vous révéler la révolution sentimentale en cours, encore invisible par la grande presse.

L'ambition du *peuple de l'amour fou* s'est trouvé un allié que nul ne pouvait imaginer en 1947 : le vaste monde numérique. L'appel de Madeleine Lévy – morte il y a six mois à peine, en se suicidant le jour anniversaire de la mort de Xander – se faufile désormais sur les réseaux sociaux et se niche dans les applications. Sa joie franche investit les forums, embrase les pages Facebook des magazines dits féminins, embellit les sites de dessous ou de bouquets de mariée commandés en ligne. Cette allégresse épidémique réhabilite la passion au long cours, ragaillardit les timorés et rameute tous ceux qui se placent sous le pavillon des rêves de Madeleine.

Les fans de son livre s'installent à demeure sur des plateformes qui partagent leurs ambitions. Ils font vaciller les cyniques. Cette concentration de gens ordinaires basculant dans l'extraordinaire se fait spontanément, par affinités électives. L'intelligence artificielle (IA), cette force indiscernable, accélère ces agrégations désirables.

C'est ainsi qu'une application de rencontres singulièrement poétique[1] est devenue le grand carrefour de ceux qui ont entendu le cri de Madeleine. Sur happn, ces magiciens de tous les jours respirent le même oxygène, en

1. happn, application pour smartphone en vogue au début du XXIe siècle, disponible à l'époque sur App Store et Windows Store-Microsoft. À chaque fois que l'on croise un autre membre happn, son profil surgit sur votre écran. Elle permet de retrouver qui l'on croise. happn est, vous l'aurez deviné, une sorte d'anti-Tinder, bien que beaucoup d'internautes fassent un usage intensif des deux applications. La vérité est que ces deux univers antipodiques répondent à des besoins différents qui cohabitent… chez nombre d'entre nous.

détournant cette appli de façon surprenante et drôle.

Au départ, happn se contentait de signaler les personnes croisées dans la vie réelle – ces histoires amorcées à notre insu. Rien de plus. On n'y trie ni les âmes, ni les goûts, ni les espoirs. Le destin se trouve seulement fluidifié, encouragé. Il se passe ensuite la pièce que chacun veut jouer en suivant les consignes de son intuition ; mais la poésie énigmatique de happn – écho direct de celle de son inventeur bibliophile, Didier Rappaport – parle à la poésie des cœurs ; et en premier lieu aux fous d'amour qui, épris de signes, raffolent des faux hasards. Didier leur permet de donner une suite à une histoire déjà en cours, sans qu'on le sache.

Cette application s'adresse donc aux chanceux qui entendent déroger à la médiocrité ; à un point qui échappe sans doute à son créateur. Didier Rappaport sait-il seulement ce qu'il a mis en route ? Les algorithmes dont il fait un usage intensif n'ont fait que hâter ce phénomène. happn attire désormais les fougueux du métro, les athlètes de la surprise et les frénétiques d'achats de fleurs qui, comme Didier dans sa vie privée, refusent la dégringolade des passions. Des gens assoiffés d'imaginaire ! Non parce qu'ils l'auraient déclaré mais parce que… c'est vrai.

L'intelligence artificielle (IA) le sait avec certitude par l'analyse de notre langage, des détails inodores de notre passé, de notre avenir anticipé, des traces de nos turpitudes, des films que nous visionnons plus quelques millions d'autres paramètres. Pour nous manipuler ? Oh non ! Afin de nous relier à l'âme assez folle pour goûter notre singularité.

Sur happn, les fanatiques du *peuple de l'amour fou* se reconnaissent à présent grâce à un signe de ralliement[1] qui indique que l'amour-passion est leur religion, la douceur leur credo, et qu'ils ont bien pour bréviaire les « *7 Devoirs du cœur des Double-Cœurs* » – et qu'ils adorent le hasard ! Les algorithmes se chargent de faire converger les rêves dont ces gens sont habités, sans toujours le savoir[2].

Peu à peu, les rêveurs-actifs du *peuple de l'amour fou* ont donc appris à se retrouver. Ils créent en ce moment même un contre-monde

1. Ils font apparaître sur les photos de leur profil la fameuse carte de Tendre des Double-Cœurs.

2. Faites un exercice pour vous en convaincre. Pensez follement pendant sept jours à un être cher et auquel peu de choses vous relient ; une personne avec qui vous n'avez échangé qu'un regard étincelle ; puis tapez vos deux noms sur Google. Vous verrez apparaître vos deux photographies côte à côte, tant les algorithmes sont puissants pour détecter les battements de votre cœur, avant même que votre relation ait pris une tournure plus engagée.

dédié à l'amour illimité, au sexe miraculeux et à la sensualité non anesthésiés. Sur happn, Facebook ou tout autre facilitateur de liens, l'esprit du *peuple de l'amour fou* unit désormais les cœurs qui croient en la réussite de la passion – dès lors qu'on la scénarise.

Inventifs, les Double-Cœurs cultivent tous les langages de l'amour. Ils raffolent des façons de dire *je t'aime* sans céder à la démangeaison de parler – du langage-rébus des fleurs à celui des cadeaux symboliques en passant par les cours de salsa partagés, les caresses signifiantes ou les messages virtuels laissés ci et là en Réalité augmentée (RA). Les âmes vulgaires y sont interdites de séjour.

Pour une fois, le numérique ne souille pas. Rien à voir avec la parade libidineuse des applis à la Tinder où la partie adverse reste une viande sélectionnée ou éliminée d'un *swap*[1] dédaigneux.

Le miracle a eu lieu

Pour la première fois, un songe livresque est en train de créer dans nos sociétés une

1. Balayage de la main qui effleure un écran tactile avec morgue pour se débarrasser du profil d'un être humain de chair, de sang et d'émotions. Geste méprisant et ignoble s'il en est.

autre façon d'aimer. Et ça m'enchante, me donne envie de danser !

Pas seulement parce que je suis ivre d'amour...

Gonflés d'authenticité, ces Merveilleux croient que les triangles carrés existent. Ils savent que la naïveté est le plus haut talent, la frustration une chance et la tiédeur une violence. Les Double-Cœurs tiennent l'absence de fantaisie pour un péché, celle de tendresse pour un scandale. Pour cette confrérie, l'extrême galanterie est un art qui n'a rien de superficiel, de pelliculaire ou d'*old fashion* ! C'est une mystique démocratique qui enrobe la vie d'un charme hypnotique. Prêts à en découdre avec les mollassons, ces initiés ont rejoint la grande écurie des dionysiaques.

Leur affirme-t-on, que la passion est un effondrement programmé ? Ils répondent avec effronterie « Qui a dit une bêtise pareille ? ». Cette énormité est leur grandeur.

Ah, que j'estime ces défieurs de fatalité !

New York se convertit à leur fièvre, l'Europe s'enthousiasme, l'Inde la fête, l'Afrique la danse, l'Orient s'enfièvre. Les ventes de bougies explosent, leur modestie inspire, les jeux amoureux que Madeleine Lévy recommande font école dans toutes les strates de nos sociétés. La méditation en tandem gagne des adeptes. Certains livres, même publiés à l'écart des sphères d'influence, ont un pouvoir illimité sur les imaginations. Par sa puissance illuminative, *Les Double-Cœurs* a créé un univers concurrent du monde. S'est ainsi constituée, grâce au numérique, une sorte de « peuple » sur lequel il convient de porter un regard d'anthropologue. Sa culture joyeuse, toujours en création, défonce les croyances limitantes et regarde le cynisme pour ce qu'il est : une pleutrerie.

L'application happn ainsi que les réseaux sociaux organisent désormais cette communauté. Elle rassemble les toqués de merveilleux, les acheteurs de maisons toutes simples dont la déco singulière augmente l'amour fou et les acquéreurs de logiciels destinés à faire durer le plaisir d'être ensemble.

La réussite de cette communauté est mieux qu'un succès, c'est un triomphe de l'amour ; elle a l'éclat de la fête. Les convertis par Madeleine assainissent et améliorent les âmes par on ne sait quelle clarté gaie et folle ; ils fécondent les cœurs et les libidos ; ils creusent les songes des amants et les ensemencent. Ce qu'ils sèment dans nos vies, c'est l'idée que l'amour-création est notre combustible et la tendresse notre vocation.

De là l'incroyable popularité – encore

underground[1] – de ces séducteurs à temps complet[2], amateurs de Charleston, fous de black bottom, de break dance et de bars à salsa. Ils fascinent par leur altérité et, surtout, redessinent l'art d'adorer. On n'en avait plus vu de tels depuis les cours galantes du Moyen Âge qui inventèrent l'amour courtois, ce Viagra féminin[3].

De leurs amours folâtres jaillit la confiance dans la vie. Pas de ténèbres dans leur regard, pas de regrets ni de lâchetés, ni de vertige sale ; rien de Dante, de la prédation sexuelle ou du sordide d'un magazine gras ; tout de Musset à son meilleur, d'un Marquis de Sade allègre, de Roméo et Juliette ressuscités, de d'Artagnan amoureux, d'Abélard nostalgique, de Marivaux *in love*, du Petit Prince en érection et d'Aragon en feu, partout le rayonnement, partout le plein midi de l'absolu, partout la pénétration de la joie

1. Le décalage entre leur omniprésence sur les réseaux sociaux et leur quasi-transparence dans les médias traditionnels est assez symptomatique de notre époque où se croisent des générations qui ont du mal à se relier.

2. On en a vu qui, parfois, grondent, houspillent ou vitupèrent carrément les couples qui dînent sans se parler dans les restaurants ! Ah, non mais ! Ça suffit l'indifférence !

3. Et non un outil perfide de l'inique prépondérance masculine !

d'aimer longtemps ! Rien ne manque à leur démence d'amour, ni la ferveur appliquée, ni l'imagination libre, ni la renonciation à l'orgueil.

Des maîtres à oser

Athlètes de la frustration intelligente, les intoxiqués du livre de Madeleine sont aussi mes Maîtres à oser. Leur capacité d'émerveillement me subjugue. Ces gens fous de douceur m'ont montré que l'amour bien narré – à la façon d'un *page-tuner* – mûrit le but pour lequel nous existons : s'aventurer vers le soi mystérieux qui se révèle en aimant longtemps.

Hier, l'un d'entre eux m'a avoué qu'un jour sur deux il séjourne quelques heures avec sa femme à l'hôtel en faisant usage d'un site spécialisé[1]. Leurs enfants ignorent tout de leurs escapades secrètes.

D'eux, j'ai appris que vivre c'est n'écouter que son cœur. Tous ces fêlés sont d'accord sur ce point. Ils savent qu'aimer c'est perdre pied, s'embellir de souvenirs peu coûteux et, surtout, céder à sa plus belle fantaisie.

Alternant frustrations et assouvissements,

1. www.dayuse.fr

ces emballés se montrent à la hauteur de l'Amour. Ils explorent l'intégralité de la carte de Tendre des Double-Cœurs – pas une partie, je dis bien *toute la carte* – en créant chaque jour une attente inapaisable, une inquiétude divine ou un enjeu féerique.

Ces éveillés refusent de vivre dans le sommeil.

Un Double-Cœur m'a récemment confié être amoureux de sa femme depuis quinze ans. Cette dernière, magistrate, possède le seul bureau du Tribunal de Nanterre constamment fleuri de pivoines fraîches. Un guetteur repère discrètement l'état des bouquets et passe commande pour son compte sur un site[1] afin de renouveler les pivoines automatiquement dès qu'elles fatiguent un peu. Il n'imagine pas que sa belle puisse travailler sans respirer ses fleurs favorites. Il n'est pas de petit cadeau. Dès que les pétales de ses bouquets tombent, la magistrate les récupère. Le soir, son époux la recouvre de pétales... Ces gens honorent la vie.

Ces Merveilleux vitupèrent l'incurie de ceux qui ne font pas attention aux beautés si diverses des femmes. Affamés de plaisir, ils dénoncent une époque où l'on coïte comme des moineaux au lieu de convoquer les dieux.

1. www.bergamotte.com

Leur art tient du processus de démolition de l'amour-consommation.

J'aime que ces gens aient d'ores et déjà établi des listes de tout ce qu'un couple de Double-Cœurs doit être capable de réaliser *l'un dans l'autre*. Pour eux, l'emboîtage sexuel ne doit jamais cesser.

Quelques activités que les Double-Cœurs doivent savoir pratiquer l'un dans l'autre :

- préparer une tarte aux pommes ;
- enchaîner les fous rires en se murmurant des histoires de Toto ;
- écrire en oubliant son ego ;
- tirer à l'arc en respirant ensemble au moment de décocher la flèche ;
- conduire à toute vitesse ;
- peindre avec les mains le corps de l'autre ;
- nager dans la tempête ;
- chanter à tue-tête ;
- danser la samba ;
- déguster un repas de tartines succulentes de légumes grillés ;
- méditer en pleine conscience ;
- voyager en avion ;
- lire ensemble des poèmes, des romans et des bandes dessinées ;
- prier avec joie !

Les deux Madeleine

Au risque de déplaire à Dizzy, j'écris ce livre afin de payer ma dette à l'égard de Madeleine Lévy mais aussi pour rendre hommage à une fille très à part, Madeleine Denon[1], sans doute la meilleure de ses lectrices *interprétactrices*.

Certaines femmes ont le pouvoir de vous faire aimer la vie. Les grandes peurs – la mort, entre autres – vous quittent alors. Vous entrez dans la lumière de leur regard et soudain vous vous appartenez.

Les similitudes entre les deux Madeleine sont saisissantes. Des gobeuses d'excès, des scénaristes-nées, des libérées du moi excessif ! Et de sacrées exigeantes. Les deux réclament à leur homme qu'il les couvre de pétales une fois par semaine (un minimum). Il est vrai que la peau d'une fille ne devient parfum que dans un lit de fleurs effeuillées.

On trouve chez ces deux femmes à

1. Elle descend en ligne directe de l'illustre Vivant Denon (1745-1827), libertin vorace, séducteur sans beauté, collectionneur sans scrupules et touche-à-tout sans limites. C'est lui que ses contemporains qualifiaient d'« un des phénomènes les plus vivants de notre époque ». Vivant s'est faufilé à travers les régimes en opportunard, dans un contexte politique éruptif, pour assouvir sa passion : la recherche du beau !

l'imagination fantasque un mélange d'acuité géniale, de farouche douceur et d'ingénuité brutale.

La dernière fois que j'ai aperçu Madeleine Denon, elle écoutait un titre d'ABBA avec des écouteurs dans un bar où fermentaient des aficionados du football. Sans se préoccuper du regard des clients, n'obéissant qu'à son corps, elle s'est levée pour danser comme une furie. Ah, Dieu que les filles libres et joyeuses sont les plus jolies !

Mais l'élan qui propulse Madeleine Denon va bien plus loin que celui de son inspiratrice. Elle ne possède ni passeport ni carte d'identité. Madeleine est contre, au motif qu'elle sait qui elle est. Ne rien faire avec talent est sa spécialité ; mais quand elle agit, on ne sait jamais dans quelle direction. Sa vie entière se décide à coups de dés. Madeleine Denon n'est pas instable, elle est l'Instabilité merveilleuse ! Cette heureuse dit souvent : « Je suis ce que les autres taisent en eux ! »

Est-elle belle ? D'une beauté non conventionnelle. Madeleine est de ces filles qui sont toutes d'éclat, naturelles et totalement étrangères aux insipides minois qui se regardent comme les parures de notre société. Je n'ai rien fait pour la séduire. J'ai passionnément souhaité que tout son succès auprès de moi vînt d'elle. J'ai tout attendu de son originalité.

Son animalité manquait au monde, ses listes si farfelues à mes envies[1]. Notamment celle des *objets-pour-couple*[2], qu'elle a pris soin d'établir ; à n'utiliser qu'avec l'intrépide qui saura la conquérir. De chaque moment, Madeleine fabrique une attente douloureuse, un dénouement électrique, un enjeu renaissant ; c'est là son secret.

Et puis, elle m'a appris à ne rien faire et à le faire prodigieusement...

Madeleine sait également que la vie du cœur doit être un récit. Amoureuse des coups de théâtre, elle est convaincue que le destin veut notre bonheur. Aucune fille ne comprit

---

1. Une liste, c'est l'équivalent délicieux du sucre pour le cerveau qui raffole des informations faciles à intégrer, déjà catégorisées. Madeleine sait que classer ses désirs par ordre de priorité et les disposer de haut en bas les ordonne, simplifie ses appétits en les énumérant sur de beaux chiffres arrondis (de 1 à 10, à 20...) tout en créant des attentes. Cela pose l'excitante question de ce qui y manque et la calme dans le même temps en fixant son attention. La tempête de ses désirs est si chronique qu'il lui faut dresser constamment des listes sur tous les sujets afin d'apaiser son imagination qui, pour son plus grand malheur, part au quart de tour ! Sa vie est l'inventaire de ses envies hiérarchisées.

2. Tandem en bois équipé de cœurs très kitsch, toilettes double-place moelleux fort utiles pour dépasser la pudeur convenue, gant spécial et très doux permettant de caresser les deux seins avec une seule main, livres de grande taille conçus pour lire-ensemble, carnet de notes des qualités de l'autre, etc. La liste des *objets-pour-couple* de Madeleine est sans fin !

sans doute jamais mieux que cultiver une passion c'est raconter une histoire en usant de tout sauf... de bavardages. Ce sont les actes – après les périodes célestes de *rien* – qui forment la grammaire d'une passion.

Vous l'aurez compris, j'ai un compte de passion à régler avec cette jeune personne. Quand j'ai rencontré Madeleine – on verra comment –, tous les hasards se sont rejoints au même instant. La suzeraineté qu'elle a établie sur mon imaginaire n'est pas de celles dont on se remet.

Comment j'ai découvert Les Double-Cœurs

L'envoi de mes deux premiers chapitres à Dizzy m'a valu un entretien terrible avec lui, dans son bureau exigu aux éditions des Saints-Pères. La haine du rose, l'estime du calcul, le respect de l'insincérité et de la perversion joyeuse ont pris leurs aises chez lui. Son cœur a-t-il du cœur ? Ses enthousiasmes sont-ils feints ou vrais ? La peur d'être dupe de ses sentiments est chez Dizzy une seconde nature. Tout est saisissant chez cet intellectuel accordé à ce qu'on fait de mieux dans le Paris littéraire.

D'emblée, il me chuchote avec amitié :

— Vous savez que vous êtes doué pour le malheur ?

— Je n'ai jamais rêvé de me naufrager moi-même…

— Pourtant, c'est votre vocation.

Longuement, il m'explique que l'amour est un désastre, une succession inévitable de nids-de-poule, et qu'il attend de moi une littérature de l'aveu, du supplice et de la capitulation. Réaliste, il sait que vivre c'est habiter des rêves ; et cela le désole. Je le sens équipé d'un désespoir dont la jovialité me déconcerte.

— Savez-vous, mon cher Alexandre, que rien n'est plus touchant que les désillusions d'un optimiste ?

Ce qui lui plaît chez moi ? Que j'aie pu m'intoxiquer à l'illusion du bonheur, me livrer à toutes sortes de ruades contre la fatalité, mais sans faire vibrer trop longtemps la corde du pathétique. Il m'invite à goûter désormais à la violence du calme ennuyeux, à l'horreur de la résignation et au vinaigre de la déception sexuelle. Puis à lui livrer un texte amer qui soit une oraison de ma naïveté, avec stations égotistes et célébration de ma frustration qu'il juge inévitable. Mon ciel, il s'en fout, ce qu'il veut ce sont mes caves.

— Vous l'ignorez, Alexandre, mais l'aigreur vous va mieux que le sourire et le sautillement.

Laissez la vôtre se faufiler dans votre style, explorez ce filon. Il y a chez vous des entrepôts de déception que je voudrais visiter. Gardez-vous de vos éclats de rire, offrez-nous le meilleur de votre chagrin, de vos éboulis intérieurs. La Muraille de Chine de votre optimisme, on s'en tape !

— Nous ?

— Oui, Zaza et moi.

J'apprends à cette occasion que, pour des raisons obscures, Dizzy suppose son ver solitaire de sexe féminin. Il s'agit bien du seul être – en dehors de ses enfants – qu'il aime sans condition. Ayant Zaza en lui, en sa possession intestine et à sa merci puisqu'il peut la tuer à tout instant, il ne la déteste pas. Pour les sentiments, Dizzy a toujours eu l'impression qu'il était trop tard. Notre conversation se poursuit :

— Je vais vous prêter un livre rare car il n'est pas publié. Vous y trouverez, mon cher Alexandre, tout ce qu'il ne faut pas écrire, de façon presque exhaustive, la totalité du territoire *que vous ne devez pas fréquenter.*

D'un geste, Dizzy me tend un ouvrage bref que je découvre pour la première fois : *Les Double-Cœurs*. Le titre m'intrigue. Que me réserve l'accélération contenue dans ce mot double ? L'auteure m'est inconnue. Dizzy ajoute alors :

— Tenez *Les Double-Cœurs* pour le bréviaire de vos interdits, suis-je clair ? Ne mentez plus, le bonheur est une denrée de luxe.

Je saisis l'ouvrage censé me dissuader de toute fraîcheur et le glisse dans mon sac sans oser contredire cette éminence grise, haut stratège du Paris qui bruisse. Le pouvoir que je lui concède me fascine. Dans le sillage d'un Paulhan ou d'un Nourissier de jadis, on le dit faiseur de triomphes et fabricant d'honneurs.

Dizzy me raccompagne et j'entrevois, derrière son masque de gaieté, son visage de mélancolie.

À cet instant, lui et moi ignorons que le cri de Madeleine Lévy a déjà été entendu par la foule heureuse des réseaux sociaux. Dizzy ne sait pour l'instant qu'une chose : que Jean d'Ormesson lui a joué un tour posthume en le diffusant assez largement auprès des jolies femmes de Paris, en son crépuscule galant.

Dizzy se penche alors vers moi et, juste avant de prendre congé, me susurre en souriant :

— Ne l'oubliez pas... Tout est à gâcher dans la vie... Tout.

Je reste soufflé par son aplomb.

Plus tard, j'apprendrai la réalité... Une partie du texte de Madeleine Lévy, traduit en

1963 par Cocteau, a été réécrite et augmentée par Dizzy. En grand secret, en lui instillant une part de génie. Sa haine des sentiments trop évidents l'a poussé à hisser cet ouvrage jusqu'à son sommet. De bijou délicieux, il en a fait un diamant très pur.

Un contre-monde

Ce matin, le stock de hasards dont est faite mon existence s'est augmenté d'un miracle. Involontairement, Dizzy m'a ouvert d'un coup tous les territoires que je désire habiter.

En sortant des éditions des Saints-Pères, je me réfugie dans le premier café, au Rouquet, retourne l'ouvrage mince et contemple la photographie de l'auteure : une beauté nette. Un regard vif d'insurgée, en transe-lucide, ennemi des joies de la duperie. Rien à voir avec les àpeuprès, les tièdes et les flageolants de notre temps.

Perplexe, je palpe le volume unique, fabriqué pour l'usage exclusif de Dizzy. Manifestement, il l'a beaucoup lu. Des pages sont cornées, de nombreux mots soulignés. De quelles lésions ou colères est né ce texte qui a le pouvoir de l'irriter ? Le titre se détache sur une couverture usée : *Les Double-Cœurs*.

Les pages sont collées de pétales parfumés, façon herbier. Je les défripe et déplie avec soin la carte de Tendre des Double-Cœurs insérée dans la pliure du volume.

Je découvre cette carte bizarre de l'amour qui dure longtemps. J'examine ses fleuves à remonter, les noms des affluents où se laisser flotter, ses collines de soucis ou encore ses marécages à éviter. Il y est question de « Devoirs du cœur » – le terme me fait sursauter. Quoi, des Devoirs là où on ne devrait rencontrer que des plaisirs ?

Ce précis topographique de la galanterie moderne retient mon attention. Un sous-titre recommande d'en parcourir toutes les sections[1], en complice de l'aventure.

Saisi dès les préliminaires, j'avale d'une traite les premières pages – malgré mon ophtalmie. Elles valent bombe. Il y passe comme un souffle d'adolescence qui oxygène le cœur. Elles semblent écrites d'une seule venue. Madeleine Lévy dispose d'une réserve inépuisable d'inconscience. Sa pensée procède par bonds, rien n'est forcé, tout a le charme du non-voulu, avec un je-ne-sais-quoi de culotté. Madeleine choisit à merveille ses mauvaises

1. Cette carte invite toute femme (et tout homme) à découvrir chacune de ses parties. Une femme complète, vivante donc, ne saurait en négliger la moindre parcelle.

humeurs. Ses Devoirs sont des amusements. Elle ne se borne pas à secouer l'échiquier du cœur occidental ; elle se promet d'en faire sauter les règles.

Une torpille tirée à bout portant contre la tiédeur.

J'y vois tout de suite une sorte de manuel de la frustration érotique qui remonte sans cesse la mécanique de l'attente. C'est peut-être cela qui frappe le plus le libraire en moi : la foi de Madeleine Lévy dans les ressources salvatrices de la Littérature. Elle rappelle que dans toute histoire d'amour il doit y avoir une histoire. Elle invite donc tout non-auteur à devenir écrivain non pratiquant en faisant usage, au quotidien, des ressorts des livres de suspense[1].

Cet ouvrage au style dru me rappelle

1. Fausses pistes, tenir en haleine, mystère, rétention des informations afin de troubler son partenaire, fin ouverte des épisodes de la vie quotidienne, rebondissements, inversions de situations, dangers merveilleusement excitants, recours aux peurs viscérales, conjonctures bloquées dont l'échappatoire semble impossible, moments où l'on se retrouve par hasard, involontairement ou inconsciemment, impliqué dans une situation dangereuse. Dans un thriller, le héros doit contrecarrer les plans d'un ennemi ; Madeleine recommande donc de s'en désigner, réels ou imaginaires ! Elle considère que le hasard périlleux et les confrontations violentes sont également nécessaires à un récit conjugal palpitant.

aussitôt à mes vrais désirs. Ai-je manqué à tous mes devoirs ?

Dès les premiers paragraphes, sa fougue me convainc que seul l'amour inflammé de douceur forme un destin. Drogué au malheur mou, je tolère l'inadmissible avec mon Églantine : une sensualité chétive, une macédoine de compromis. Je brioche et ne suis plus adoré qu'à quart-temps, le week-end, quand les séries de Netflix[1] nous en laissent le loisir. Sous nos draps bien repassés, je suis devenu quasi protocolaire. L'amour de peau a cessé d'être pour nous cette exaltation qu'autorise l'extrême licence. L'emportement n'est plus ma signature, ni la tendresse illimitée ma folie. Déjà, notre liaison est composée de plus de souvenirs que de présent. Un néon blafardeux éclaire notre salle de bains ! Nous ne savons plus loger du sentiment en toutes choses.

En passant les premières pages, l'évidence me rattrape : Églantine a bien l'horrible défaut de croire que la passion est soluble dans le quotidien. Elle appartient à cette famille d'affects qui doutent que nous soyons voués au sublime. Résignée, Églantine se trouve

---

1. Usine à songes qui, dans les débuts du XXIe siècle, eut l'idée de produire des romans filmés au lieu de se contenter des nouvelles hâtives que sont les films de cinéma.

emmurée dans cette idée malsaine – tout de même assimilable à un délit.

Pourquoi diable s'est-elle mise à porter des dessous prévisibles, sans plus s'aventurer vers les femmes diverses qu'elle abrite ? Où sont passées la putain désinvolte, la joueuse cinglée qui commandite toutes les surprises ou la fanatique de complicité ? Depuis quand n'ai-je pas bondi sur ma moto pour arriver à destination avant Églantine sur le quai de son RER ? Ou dansé le mambo avec elle sur des tables ? Quand a-t-elle pour la dernière fois sauté des méridiens pour me culbuter dans des toilettes d'hôtels magiques[1] ? Nous ne laissons plus de coups de tampons fabuleux sur nos passeports. S'inquiète-t-elle de m'accorder mes fantasmes proliférants et de m'injecter le goût des siens ?

Disons-le : nous manquons à tous nos devoirs.

La nuit nous dormons... au lieu d'inventer des situations pour poivrer nos échanges (elle raffolait de nos nuits séparées où nous nous emmenions au sommet de l'excitation en échangeant des SMS). M'entendez-vous ?

1. On devrait publier un guide des toilettes où faire l'amour dans les instants où différer l'acte sexuel est scandaleux...

Nous avons la bassesse de dormir, de sommeiller notre amour !

Par précaution, je prends en photo avec mon smartphone les pages qui m'ont le plus tourneboulé ainsi que la carte de Tendre des Double-Cœurs – si nécessaire pour faire d'un amour une réussite permanente. Après certaines lectures, on devrait changer d'état civil puisqu'on n'est plus le même.

Le legs de Jean d'Ormesson

Du fond du café, j'aperçois Jean d'Ormesson qui entre – sans savoir que je le vois pour la dernière fois. Nous avions sympathisé lors d'une signature à la Librairie de Paris. Il y avait charmé les dames empressées. Mes tourments sentimentaux, confiés à mi-mot, lui avaient plu.

Courtois, il se penche vers moi et me salue. Ses yeux bleu céruléen aperçoivent la couverture des *Double-Cœurs* et il s'écrie :

— Vous lisez donc ça, vous aussi ?

— Heu... oui.

— Ce texte est épatant... épatant ! Savez-vous ce dont usent les fanatiques de Madeleine Lévy ?

— Non...

Discrètement, l'Académicien dépose une

petite pilule verte dans la soucoupe de mon café :

— Prenez ça, mon ami.

— Qu'est-ce que c'est ?

— La pilule « *Out of me* ». Tous les fanatiques de ce petit livre en font un usage merveilleux… épatant.

— À quoi sert-elle ? Une drogue ?

— « *Out of me* » vous fait sortir de vous-même et vous voir de l'extérieur. On se regarde soudain autrement, en quittant sa peau ! Tous les Double-Cœurs s'en servent pour mieux aimer…

— Vous en êtes ?

Une trop jolie femme surgit dans le café.

Les pupilles de l'Académicien peu académique se dilatent. Il ne me répond pas et, happé par son ardeur restée intacte malgré l'âge, bondit vers elle. Aux portes de la mort, il a dix-sept ans. D'Ormesson continue à s'épanouir dans l'exploration du féminin, du charme et de l'ivresse en artiste de l'enthousiasme.

Il était presque fatal que cet amateur de vie vivante croisât la mienne.

Je mets la pilule dans ma poche avec l'intention de la garder précieusement.

Le cœur toujours incendié, je regagne la Librairie de Paris où m'attendent mes collègues. Dès l'ouverture, ce précis de rébellion sentimentale m'a délesté de ma lâcheté. Elle ne prendra plus résidence en moi.

Jamais un livre ne m'a, dès les premières pages, autant chahuté. Je suis soudain plein de vie. Il n'y a plus rien en moi de cette langueur qui m'a accablé auprès d'Églantine. Avec ce texte commence peut-être le premier jour du reste de ma vie. Toute la pensée de son auteure, que j'ai à peine frottée, me semble vivre dans ces deux verbes : FRUSTRER et COMBLER ! Pour décrocher « un chef-d'œuvre sinon rien » comme elle l'écrit, afin de tramer chaque jour un thriller érotique où le cœur prend les commandes.

À toutes les pages, piquées d'humour, Madeleine Lévy m'a comme enjoint de ne plus être un petit colis de regrets, une peau si peu léchée. Chacune de ses formules invite à patrouiller dans la ferveur. Pourquoi lambiner dans un enclos à égrener des heures molles ? Au diable le désenchantement et toute sa bande : la déception, la défausse, le dilatoire et, surtout, la rétention des mots vrais – ceux qui délivrent.

Elle a dû le rédiger d'une lancée, ça se sent,

avec l'espoir de réveiller l'espèce en la rappelant à ses devoirs. Madeleine Lévy y affirme qu'un être ne trouve sa densité qu'en étant atteint de sa part d'excès. Pour elle, vivre c'est *désobéir* ou plutôt *nager à contre-courant*. Ces deux verbes sont la devise tacite de chacun de ses instants.

Le lévytisme est en fait un enthousiasme. Il encourage à exister, à oser des infractions de vitalité et à séjourner dans une société dionysiaque – avec des pauses réservées aux joies méditatives.

Dans les rayonnages de ma librairie, place de Clichy, je m'assure que je n'ai pas égaré la pilule « *Out of me* » et tâche de me concentrer sur les dernières parutions. Je dispose une pléiade de volumes. Du sérieux, étayé, estampillé chic. Des maussades dont la plume n'est qu'une protestation contre la vie. Tous ces pros de la démystification me font l'effet d'un vacarme éteint. Soudain je ne supporte plus les ennemis de la légèreté et de la joie. Au diable ces penseux jamais dupes de rien, fâchés avec la tendresse.

Une cliente outrageusement décolletée – oui, je m'emplis les yeux – me pose une question, je fais de mon mieux pour lui répondre sans qu'elle s'avise que je suis possédé par le texte de Madeleine.

Au dos de la couverture, une phrase se

détache : « *Devenez vous aussi un Double-Cœur !* » Sur la quatrième, l'auteure dénonce les inambitieux en les qualifiant de *Petits-Cœurs,* par opposition aux Double-Cœurs louangés.

Sous la plume de Madeleine Lévy, est réputé *Petit-Coeur* quiconque pense mesquinement l'amour – entendez sans imagination ni perspective longue[1]. Il s'agit de ne plus rôder à côté de soi, ni à la lisière du plaisir. En respectant l'intégralité des Devoirs de la carte de Tendre des Double-Cœurs, ceux que suivent avec délice les pur-sang de la passion et les dévots du haut frisson.

Dès la première pause-café, je quitte mes collègues, me replonge dans cette prose de feu et gobe ses quarante-deux pages.

Une chose est certaine, cette émulsion littéraire a fait son œuvre. Je n'ai pas eu besoin de pilule verte. Revisité par ce texte, je déboule chez Églantine l'esprit clair.

Finis, les temps timides.

Levée d'écrou

— L'amour ne doit pas être un garçon réfléchi mais… un sauvage qui se débraille.

1. Sur au moins cinquante ans…

— Donc ? hasarde Églantine d'une voix hésitante.

— Je mets les voiles.

— As-tu rencontré une femme ?

Mon visage lui dit que oui.

— Qui ?

— Madeleine Lévy.

— Tu l'aimes ?

— Elle ne sortira pas de mon imagination.

Inutile de reverser de l'eau chaude sur un mauvais thé. Quel allégement de se délivrer d'un coup d'un amour naufragé ! Je ne veux plus être le sous-produit de notre passivité.

Blessée qu'un livre ait pu capturer ma pensée, elle me rappelle qu'elle est enveloppée d'un corps. Je lui rétorque que j'ai moins faim de peau que d'une vie oseuse et de tendresse débridée. Tout ce qu'elle a négligé. Pas question de me contorsionner ou de me conduire en faux-derche.

Tandis que je boucle mon sac, obsédé par la prose de Madeleine Lévy, Églantine tente de me raccrocher :

— Alexandre, vivre en couple c'est être capable de s'ennuyer ensemble.

— L'ivresse de la routine…

— Ça ne peut pas être tous les jours excitant.

— Pourquoi les pièces de théâtre seraient-elles mieux bâties que la vie ? Pourquoi le suspense serait-il réservé à la fiction ?

— Alexandre, l'amour grandit à l'abri des habitudes. Sur cette terre, on n'a pas besoin d'un conte de fées, juste de quelqu'un avec qui on est bien.

— Mon Dieu, il te reste tant d'hommes à décevoir !

Que répondre d'autre à une telle bassesse ? Elle m'aurait dit « ce n'est pas moi qu'il faut quitter, c'est notre façon de nous aimer », peut-être serais-je resté à bord. Mais Églantine est inréparable. Elle ne conçoit le bonheur à deux que comme l'absence de soucis. Pas comme un ouragan de sensualité. Elle est même persuadée qu'un couple vraiment sain ne se retrempe que dans l'ennui. Comment lui dire que l'aventure de la grisaille ne me tente pas ?

Dans un ultime sursaut, elle glisse nos lettres dans mon sac.

Je décampe. Me voilà en règle.

J'ai envie d'écrire sur le bonheur et m'y mettrai dès ce soir. Pourquoi écrire si ce n'est pour entraîner ? Dizzy a tort de croire que l'amour est un remède inutile.

Par quelle magie Églantine m'a-t-elle gardé trois ans dans ses draps ? En me persuadant de l'inéluctabilité de nos bâillements ! Elle n'a pas craint de me convertir à sa lâcheté, à son immobilisme mental en excipant de sa bonne foi. Ah que c'est piégeux, la conviction !

Cinq minutes plus tard, du haut du Pont-Neuf, je bazarde notre correspondance par-dessus bord. La Seine emporte les lettres. Disparaît une logorrhée de mots prudents qui déshonorent l'Amour. Églantine n'a rien compris de ce qui est si évident pour Madeleine Lévy. Nos lettres, feuilles mortes, volent longtemps avant de couler dans les boues noires parisiennes.

Rompre peut être une manière de tenir la passion en haute estime. La vie de couple n'a pas à être un bassin de radoub pour coques fêlées, me dis-je en jetant la dernière enveloppe dans la Seine.

Je m'éloigne en faisant des claquettes.

Déjà je sens que mon ophtalmie rétrocède. Mon corps a envie de voir la vie grand format qu'il s'apprête à mener.

Comme tous les Double-Cœurs, je veux désormais de l'inouï. J'aspire à un totalitarisme *soft* qui m'expulserait de mon néant. Je désire être un homme-flamme foudroyant le quotidien. Au diable les sentiments tamisés ! Dorénavant, rien ne sera vestiges, tout sera vertiges et surprises. La vie partagée n'a pas à être un oreiller.

N'ayant aucun amour au cœur, je me dispose à ouvrir les portes du mien. Vivre sans passion est un délire, une fatigue, un exil. Je n'ai pas la vocation.

Et puis, quand j'aurai compris ce que Dizzy ne veut pas que j'écrive, je l'écrirai. Cet éditeur a trop de génie pour que je ne suive pas à l'envers ses intuitions. Curieux comme certains êtres, supérieurement sensibles, ne voient pas la beauté de la vie ; ils n'en aperçoivent que la joliesse.

Cette phrase de Dizzy m'effraie : « Tout est à gâcher dans la vie. »

Extraits

À peine ai-je posé mes valises à Belleville chez un ami[1] que je fuis une pluie tapageuse qui lessive l'atmosphère pour m'effondrer dans le fauteuil avachi d'un bar américain. Devant un chocolat chaud qui dort ridé au fond d'une tasse, je m'oblige à ne pas me laisser gagner par le vice du scrupule.

Églantine n'avait-elle pas la possibilité de garder le ton de nos étreintes magiques ? Elle pouvait rester à ce diapason-là, rallumer nos

1. Un camarade de khâgne, léniniste bling-bling expatrié en Nouvelle-Zélande.

feux. Mais nos cœurs gavés d'écœurement n'avaient plus d'énergie que pour la déception. Son aversion pour le bonheur inventif et les silences intenses me reste en travers du cœur.

Je dispose des écouteurs sur mes oreilles, convoque le souffle de Duke Ellington, ce rival sonore et américain de Shakespeare, et me mets à fureter dans mon exemplaire des *Double-cœurs*.

Jusque-là, mon bac à sable a été la littérature drapée à l'antique. Quand je ne lis pas les nouveautés pour ma librairie, je fais des haltes dans les pensées séculaires des grands vivants : Plutarque souvent, Cicéron, Pindare pour m'aérer, Sénèque me reboussole... Ces intenses ont fait mieux que meubler mon esprit, ils l'ont fait naître. Mes battues littéraires s'arrêtent au XVIIe siècle, celui qui camisole les passions. Les souffleurs de ma vie ne sont pas des primesautiers. N'était la décence, je ne lirais que les auteurs antiques. Ce sont mes chasseurs d'illusions préférés.

Pourtant, l'auteure de cet ouvrage arrimé à l'optimisme m'électrise. Poète-née, appartenant à l'aristocratie de l'enflure, Madeleine Lévy voit tout de façon libre, heureuse. Elle aime les beuglants s'ils ont du cœur. Rien à correctionner, ni à raboter. Ses idées sont des personnages de Dumas. La joie est l'inépuisable nourriture de son existence. Faire naître à la vie, voilà son but unique lorsqu'elle se lance dans une phrase.

Il faut, selon elle, que l'amour galant soit un voyage, non une destination, et que ce voyage soit les voyageurs eux-mêmes.

Cette rêveuse devrait m'agacer, elle m'empoigne.

Gauchère par choix, ce qui est rare, Madeleine invite à « inverser systématiquement » la logique du monde. Un chapitre récapitule ses principes de militante. L'agressivité est chez elle inspiration. Madeleine goûte le brocard acide et l'intolérance mitraillette, comme si elle sentait, d'instinct, la fonction bénéfique de l'exécution. Elle ne cherche pas à lester son argumentaire, elle excommunie à la sulfateuse.

En voici quelques fragments…

Qui êtes-vous,
vous que l'amour a déçu ?

Qui êtes-vous, vous que l'amour a déçu ? N'avez-vous pas plutôt déçu l'amour ? Donnez congé à votre prudence et fêtez la tendresse dingue ! Arrêtez de vous expulser vous-même du bonheur. Hissez-vous à la hauteur de la Passion. Produisez votre propre oxygène, et surtout n'attendez rien. Le temps de goûter l'amour, il est déjà trop tard[1].

L'idée de soi

Les Double-Cœurs savent qu'en amour on n'est pas jugé sur ce que l'on est mais sur l'opinion qu'on a de soi. L'autre te traite comme tu te regardes.

Les Petits-Cœurs ignorent que la façon dont on se perçoit est essentielle.

La chimie de l'action

Les Petits-Cœurs sont des rentiers de la petitesse. Ces Pasfous sont les obsèques permanentes de la fantaisie, le terminus de la cocasserie et la mort définitive du Black Bottom. Haïssons ces zéros, ces assassins de la grande conscience, inaptes au coup de théâtre. Même pressés, ils filent toujours vers le néant.

---

1. Version originale de Madeleine Lévy :
« *¿ Quién eres-tú, a quien el amor ha decepcionado ? ¿ No eres tú quien decepcionó al amor ? Suelta ya tu prudencia y celebra la ternura. Deja de expulsarte de la felicidad. Sube hasta la altura de la pasión. Produce tu propio oxigeno y, sobre todo, no esperes nada de vuelta. Con solo probar el amor, ya es demasiado tarde.* »

Les Double-Cœurs, eux, ne disent jamais « Je t'aime ». Ils convertissent tout sentiment en initiatives – en scènes bien amenées – qui sont autant de preuves d'amour. Ils savent que les mots habillent souvent le vide.

Vous pouvez, par exemple, établir la liste de tout ce que vous pourriez accomplir sans délai pour obstacler votre vie de couple (jetez vos clefs pour vous interdire de rentrer chez vous, jetez votre lit pour faire l'amour ailleurs, etc.). Compliquez-la gaiement ! Les obstacles surmontés son des délices…

Avisés, les Double-Cœurs ne croient qu'en la chimie de l'action pour réussir le bonheur. Pour eux, une caresse est un discours réussi. Ils répartissent leur talent dans mille petits actes charmants, idées malignes et attentions candides. D'exquises torsions du quotidien. Aimer c'est agir.

Ne rien faire ensemble et le faire bien

Les Petits-Cœurs se figurent que l'action est synonyme d'agitation commune. Les Double-Cœurs pratiquent l'art de paresser ensemble des journées entières dans un lit, comme une médiation supérieure.

Jetez les horloges de votre domicile.

Faites de la place à la douceur.

Faire de soi l'égal des dieux

La tête gavée de rêveries, les Double-Cœurs raffolent des frustrations qui propulsent vers l'extase. L'illimité est leur domaine, la dinguerie leur normalité. Leur vie est l'histoire d'un délire. Rien ne leur paraît ridicule : ils peuvent attendre sept ans de cour intensive avant de forniquer, organiser des rituels ahurissants pour différer le moment de la possession jusqu'à en faire une véritable torture...

Les trop-pleins d'esprit ne peuvent les comprendre, comme ils ne saisissent ni l'élan d'Homère ni le rire de Sapphô – ces foudroyés qui surent que l'amour seul nous fait l'égal des dieux.

Les Petits-Cœurs, eux, se vautrent dans le plaisir balisé, boutonné, à peine caressant, même pas polisson – tout ce qui me les brise menues. Ces paltoquets reculent devant la naïveté ; d'où leur crétinisme. Ah, les Petits-Cœurs ne méritent aucune épithète atténuante !

Le métier de l'amour est de réussir

Lucides, les Double-Cœurs savent que la passion est vouée à l'apothéose constante – si chaque jour est bain de tendresse et l'objet d'un enjeu palpitant, conçu avec une duplicité délicieuse. Les Double-Cœurs carburent à la surprise, dansent (au moins) sept fois par semaine. Ils ne manquent pas à leurs devoirs.

Les Petits-Cœurs, eux, prétendent que le désir ne peut résister à l'intimité. Ils s'imaginent que toute passion finit par péricliter et entretiennent cette funeste prophétie. Ces gens-là ont le projet d'être heureux au lieu de l'être. Ils sont la rencontre de la mesquinerie, de la mollesse d'imagination et de la couardise.

Pour justifier leur déconfiture programmée, ces éjacule-court se persuadent de l'inéluctabilité de la déroute libidinale. La quantité de paresse qui se repose dans leur cerveau est inconcevable. Méprisons ces déjà-cadavres ! Ces analphabètes de la douceur ! C'est un devoir de l'esprit.

Ah, si Églantine avait pu se fortifier de telles considérations ! Et être frappée de clairvoyance au lieu de s'envelopper d'idées défaitardes. Au lieu, surtout, de mettre des idées à la place de ses sensations. Je me sens l'alter ego de ces révoltés.

Dès demain, j'élimine de ma vie tous les films d'amour qui se terminent mal. Fini l'intoxication négative !

Croire aux braises

Les Double-Cœurs pensent positivement à 100 %. Ils savent qu'il n'y a pas d'échec définitif ou de rupture irrémédiable. Ils croient aux braises.

Les Petits-Cœurs sont évidés par leur manque de foi.

Je recommande à tout un chacun de se fâcher avec les cyniques de son carnet d'adresses. Purgez votre existence de leur bassesse.

La tragédie d'être normal

Les Double-Cœurs échappent à la tragédie lente d'être normal. Les Petits-Cœurs, eux, goûtent les subterfuges de l'existence conventionnelle avec une médiocrité qu'on peine à excuser (…).

Les Double-Cœurs jubilent de transporter dans la vie les romans effervescents ; valser est leur manière de désobéir au destin, de dire non à la mort. Je ne puis pas croire qu'on ne les admire pas. Les Petits-Cœurs, eux, se figurent que les romans sont faits pour sommeiller dans les bibliothèques. Ils fuient la fiction au lieu d'y puiser le ressort d'une féerie possible.

Résistez en amour à tout comportement normal. Soyez folle, soyez fou.

L'ego des Petits-Cœurs

Les Double-Cœurs savent que l'ego est une cage vide qui pense qu'elle contient le plus bel oiseau du monde.

Les Petits-Cœurs croient que la cage de l'ego est la plus belle du monde.

Dès qu'un Double-Cœur abdique son ego, il ouvre une bouteille de champagne. Renoncer à ce handicap mérite bulles et fiesta.

Les langages de l'amour

Les Double-Cœurs font usage de la totalité des langages de l'amour. Ils offrent des fleurs en faisant un usage subtil du langage floral, écrivent des rébus coquins, organisent des jeux de piste érotiques, mijotent des complicités silencieuses dans les dîners, inventent des codes secrets dans les réunions publiques (tousser signifie « je bande », un clignement d'œil « je lèche tes seins », etc.), que sais-je encore.

Les pénibles Petits-Cœurs se contentent d'une vie érotique crépusculaire, jamais insolite. Je vomis ces vomissures, cette lie de l'astre sur lequel on vit. Personne ne leur a dit sur un ton assez corrosif que le couple doit être une création perpétuelle. Et que la douceur mérite d'être une religion.

Ne penser qu'à ça !

Les Double-Cœurs ont fait de l'amour leur véritable métier. Ils savent que vivre en société c'est obéir ensemble à ce que personne ne veut.

Ils éclipsent tout le reste, ricanent des autres « priorités ». À tout moment, ils sont prêts à annuler un événement qui leur volerait des instants de complicité, ou à dépenser des sommes folles par amour. Entrer en combustion est leur obsession. Alors que la vermine des Petits-Cœurs se contente d'amour passe-temps, d'émois métissés d'à-peu-près. Ces fantoches baisent insuffisamment – ce qui est obscène – et ignorent tout du grand érotisme, celui où la folie se fait entendre.

N'être que cœur

Les Double-Cœurs n'écrêtent pas leurs émotions. Ils savent l'enfance sans remède.

Joyeux, ils caillassent d'injures les cyniques et couvrent de pétales les fervents. N'être que cœur est leur ligne et leur honneur. Pour eux, c'est la seule façon de vivre.

Les Petits-Cœurs, eux, pinaillent leurs motifs de joie. Rabougris, respectables, respectés et respectants, ils avancent voilés de pensées convenables. Des morts ! Quelque effort qu'ils fassent pour plaire, l'amour ne les aime pas.

La vie s'occupe de tout

Je ne prétends pas que la conception de l'amour des Double-Cœurs soit la meilleure, mais je sais que je connais la vraie. Rayonnants, ils sont convaincus que la vie s'occupe de tout. Les Petits-Cœurs, eux, vivent d'anxiété, de non-danse. Ils déshonorent la joie. La vie ne les favorise pas.

Prudents, les Double-Cœurs engagent toujours des dépenses pour s'aimer avant d'avoir le moindre sou disponible. Ils savent que l'amour appelle l'abondance…

Dire oui à l'autre

Tolérants, les Double-Cœurs acceptent l'objet de leur amour tel qu'il est, sans jamais céder à la démence de vouloir le changer. Ils sont la joie du oui, l'élan perpétuel de l'acquiescement. C'est leur botte secrète ! Les seconds s'épuisent à vouloir réformer leur partenaire.

Les Double-Cœurs rédigent parfois tout ce qu'ils voudraient voir changer chez l'autre. Puis ils brûlent le papier dans une cheminée, afin de bien signifier qu'ils renoncent à l'espérance de changer l'autre !

Cueillir l'opportunité

Solistes de la première fois, les Double-Cœurs écoutent ce que suggère l'instant. Chaque jour, ils fabriquent du solide avec du friable, de l'éternel avec de l'épisodique. Ils cueillent l'opportunité et ornent l'époque de leur humeur chimérique qui fait tant défaut.

Prévoyants, ils gardent toujours disponibles dans leur carnet de rendez-vous au moins deux soirs sur trois... pour que l'inattendu soit accueilli et fêté.

Et si tout était simple ?

Simplificateurs, les Double-Cœurs ont rompu avec le culte du drame qui obscurcit l'Occident. C'est le mandat moral qu'ils se sont assigné : alléger la vie, cesser de croire au noir ! Certaines choses sont pénibles, ils ne les font ni dramatiques ni suraiguës.

Les Petits-Cœurs sont compliqués. Ils raffolent de faire des nœuds, de les serrer – puis de s'en plaindre.

Quand un Double-Cœur a une tuile, il commence par rire ou oser un mot d'esprit...

Un art de premier rang

Les Double-Cœurs tiennent la galanterie et l'érotisme pour des arts de premier rang. Les Petits-Cœurs n'y songent même pas. Ils réduisent le sexe aux dimensions d'un sport. Sans voir qu'il nous dote d'une âme et nous rend magique. Ce sont des escrocs de l'intimité, des goujats de souche !

Les Double-Cœurs espèrent donc que l'art d'aimer sera un jour enseigné dans toutes les écoles des Beaux-Arts du monde, à l'égal de la peinture ou de la sculpture.

Éclairer sa moitié…

Les Double-Cœurs veillent à bien éclairer l'amour de leur vie, en opérateurs du film du réel.

La plupart auront la fierté d'ôter les ampoules électriques de leur salon et de leur chambre à coucher pour leur préférer des bougies qui flattent plus le teint d'une femme aimée.

Les Petits-Cœurs rient quand on leur parle de cette délicatesse. Ils ne font aucun frais de bougie. Honte sur ces incroyants !

Être à la hauteur de soi

Les Double-Cœurs, en amoureux puissants, sont à la hauteur d'eux-mêmes.

Les Petits-Cœurs sont à la hauteur de ce que la société attend d'eux. Ils ont le déshonneur d'être raisonnables et de ne pas se posséder.

Je veux en être

Difficile de ne pas s'éprendre des premiers… quoi qu'en dise le perspicace Dizzy.

Moi aussi, je veux aimer une Double-Cœur et embrasser une voltigeuse folle de ses Devoirs. Je désire danser jusqu'à l'aube et vagabonder avec elle loin de l'érotiquement correct, dans des chambres garnies de bougies.

Mais où trouver cette beauté incalmable qui m'entraînera loin, très loin des timidités freudo-chrétiennes ?

Marre d'être ce libraire à l'affût de rêves livresques.

La semaine dernière, Églantine et moi n'avons fait l'amour dans aucunes toilettes de restaurant. Nous ne nous sommes offert aucun voyage de caresses. Piteux, nous n'avons échangé aucune lettre ni dansé aucune valse de Schubert.

Assez de cette stabilité sans heures solaires

qui a viré à la stase, et qui produit le dégoût de soi.

La grande question

Plusieurs questions m'obsèdent : cette communauté a-t-elle quelque réalité ou flotte-t-elle dans la lueur du mythe ?

Existe-t-il un lieu tangible ou numérique qui concentre les Double-Cœurs ? Toutes celles et ceux qui croient en l'éternité d'un amour ?

Madeleine Lévy est-elle une oracle inspirée ou une cinglée de plus sur le marché de l'élucubration qui, au XXe siècle, n'a pas manqué de fournisseurs ?

Les réseaux sociaux ont-il fini par donner une réalité à son appel de 1947 ? Un petit ouvrage – quarante-deux pages – a-t-il suffi pour commencer à infléchir notre société ?

Des diffuseurs d'optimisme !

Dans la température trop climatisée de l'appartement de Max, je me connecte au réseau Twitter. Puis je pérégrine sur l'ahurissante page Facebook des Double-Cœurs.

Rien à voir avec le train-train habituel des pages où l'on bavasse, s'empoigne et se sculpte un buste flatteur. La gentillesse teintée d'humour est ici de rigueur. Mais là n'est pas l'essentiel. Les êtres sont ici plus vivants qu'ailleurs.

On les voit bondir hors du personnage limité qu'ils furent. Ils se dépouillent des habitudes longtemps mastiquées où un destin trop raisonnable les avait assignés. Aucun n'est infecté de prudence. Nombre d'entre eux déclarent même sur les réseaux que la porte de leur domicile n'est plus fermée à clef. Quand on aime absolument, on ne se protège plus du monde.

Ils sont occupés à aimer, fous, joyeux, heureux... tout le reste, ces effervescents s'en fichent ! Les Double-Cœurs pratiquent en mousquetaires le refus de l'amour répétitif. Ils ripostent contre les habitudes.

Je reste fasciné par le pays absent des cartes géographiques que ces chanceux dessinent. Ensemble, ils remontent à chaque instant les sept fleuves de la carte de Tendre :

– *le fleuve Rire Ensemble (et son affluent Entrez dans la danse) ;*
– *le fleuve de la Passion Platonique ;*
– *le fleuve du Sexe Impossible (avec ses affluents Tout est Possible, Cunnilingus et Sauvagerie) ;*
– *le fleuve du Silence ;*
– *le fleuve Vérité ;*
– *le fleuve de la Douceur ;*
– *le fleuve Thriller.*

Le peuple de l'amour fou
Rire ensemble
Montagnes de l'habitude
Étonne-moi
Premières fois
Langage de l'amour
Rivière de l'écoute
Frustration
Marécages de l'indifférence
Distance
Rivière du toucher
Sauvagerie
Fleuve de la douceur

Quelle surprise de voir dans leur quotidien sans cesse réinventé une telle dose de suspense !

Ces doux-là ne vivent pas dans le sommeil.

De sourdes complicités les unissent.

Quelle cohue démocratique, si diverse, dans ce district de la haute liberté où l'on danse la valse et tous les déhanchés latinos !

Je découvre des facétieux qui semblent jaillir d'un roman. Nombreux sont ceux qui, sur leur page Facebook, publient des photos de unes de journaux qu'ils ont… réécrites avec le sourire. En amoureux de la vie, ils contestent le réel lugubre.

Les uns et les autres ne *font* pas des choses magiques, ils *sont* la magie – comme si ces chefs de projet de l'industrie chimique, ces agents d'entretien ou ces étudiantes de la Sorbonne avaient tous accédé à la version printanière d'eux-mêmes ; et repris contact avec l'empreinte originelle de l'homme : celle qui aspire à *se tresser*.

J'en veux pour preuve le cas de ce Double-Cœur militant qui, un jour, décida d'écrire des lettres d'amour anonymes – éperdument admiratives – à toutes les femmes célibataires de son quartier. Pour le prix d'un timbre, il devint le magicien de leur journée. Et il n'en fut que plus heureux.

Le triomphe de Madeleine Lévy

Une contre-société lévytesque s'est donc forgée, livrée à la joie d'aimer. Tous les dieux de l'Antiquité semblent renaître en chacun d'eux : Éros, Aphrodite, Zeus... Sur chaque profil, la sincérité et la modestie éclatent – tout l'inverse de notre vie publique. Comme ils ont raison d'être dupes de leur enthousiasme.

Madeleine Lévy s'est éteinte, son ambition déferle. Et ce n'est bien que celle-ci qu'elle voulait nous léguer. N'attachons pas plus d'importance à son effacement récent qui l'intéressait moins que son appel. D'ailleurs, n'est-elle pas heureuse d'avoir rejoint Xander au paradis des grands amants ?

Certains êtres viennent sur Terre moins pour exister – ce qu'elle fit remarquablement – que pour aider les autres à naître à l'amour.

Un livre en partie double

Avant d'explorer plus avant la page Facebook des Double-Cœurs, je décide de continuer à écrire ce livre sur un cahier virtuel en partie double. Mon ordinateur propose à cet effet un logiciel assez bien imaginé.

Sur la page de droite, je décrirai ce que je

vis désormais avec les yeux de Dizzy, pour lui complaire.

Sur fond d'amertume, tels les perroquets du cynisme, j'aurai à cœur de ne pas avoir trop de cœur, je cisaillerai les naïfs et raillerai les « sentiments trop évidents ». L'aristocrate du style devrait goûter mes sarcasmes distanciés, et célébrer mon humeur dépitée. Dizzy affectionne les histoires d'amants qui se prêtent sans se donner. Je convertirai ainsi les flamboyances des Double-Cœurs en un bloc d'ironie. Sur mes « pages de droite », l'amour sera une puissance destituée, comme un arbre renversé qui signifie encore la majesté mais dont la sève est tarie.

Cette version dizzyesque ne sera pas seulement publiable par les éditions des Saints-Pères, j'en ai bon espoir, elle aura de bonnes chances d'être applaudie par la comédie littéraire qui se donne hélas à Paris. Depuis le XVIIe siècle, le cynisme aigre-doux y donne le la. Mes « pages de droite[1] » seront donc l'exact écho de cette attitude périmée qui survit dans les cervelles élitaires de la capitale.

Au-delà de Dizzy, peut-être est-ce sans doute la seule façon de parler à des contemporains

1. J'en ai publié certaines sur la page Facebook des Double-Cœurs... pour les faire rire !

encore enlisés dans des croyances tristes. Tant de gens, dans ce Paris-là, se figurent que l'on ne réussit sa légende que par le malheur. Tant de critiques décharmés de tout pensent que le bonheur est un mythe pour simplets, une arnaque en somme. Ah, l'étincelant Dizzy est bien issu de ce moule tragique !

Sur les « pages de gauche », celles que vous lisez en ce moment même (elles constituent la suite de cet ouvrage), j'entends rédiger l'inverse : un livre qui délivre, un hymne à l'enthousiasme. Tout ce qui écœurera Dizzy ! Lui qui m'a un jour glissé que l'amour sincère, il ne le fait qu'en se masturbant seul. Aux antipodes de cet irréductible, j'entends faire naître un livre frais pour le monde qui vient : allégé des idées chagrines d'hier, dopé au romantisme inventif et à la confiance dans la vie. Ce texte est sans doute impubliable par nos lettrés actuels, tant cette peuplade est rétive aux enchantements de l'illusion, rouillée d'esprit critique et inaccessible à la joie naïve qu'elle regarde comme une doctrine gazeuse.

Les trois questions des Double-Cœurs

Mais revenons à la page Facebook des Double-Cœurs, où sous nos climats démocratiques tout un chacun peut rencontrer l'inespéré(e).

Pour accéder à son intégralité, tout rôdeur de la Toile doit répondre à trois questions. Leur communauté réclame des réponses malicieuses et, surtout, imitables par chacun[1].

1°) Racontez un souvenir d'amour parfait.

« Je suis dans un train qui lambine, en Bretagne. Claudia me fixe trop. Sans un mot, nous savons que l'amour est là, utilisable. Il se faufile par nos yeux et refait le Paradis autour de nous. On suspend notre pensée. J'ai dix-neuf ans, elle la trentaine. Le réel s'absente. Au premier arrêt, sans rien dire, dans un halo de douceur, Claudia m'invite en m'offrant sa main. Hypnotisés par notre désir, nous descendons du wagon, dansons sur les tables d'un bar et faisons l'amour à l'Hôtel de la Gare sans hésiter ni avoir échangé une parole. Après le bonheur assourdissant et ses cris en cadence, elle me dit « ce sera tous les jours comme ça

1. Ce point est essentiel, on le verra. Les Double-Cœurs mettent en commun leurs idées délicieuses pour accomplir leurs Devoirs.

dans notre vie ». Je la rappelle. Une voix pâle m'apprend… son décès. Accident de voiture. Bris de colonne vertébrale. Claudia n'est plus que cendres. Incinérée déjà. La vie me tord le cœur. Mais je reste hanté par l'idée que cette scène pourrait se reproduire à nouveau avec une inconnue. Vite, vivons ! Sans comédie. »

2°) Quel objet vous aide à aimer ?

« Un faux profil sur Facebook, très commode pour séduire ma propre compagne, atteindre son cœur et me la chiper à moi-même. Mon ambition ? Réussir à obtenir d'elle un rendez-vous galant secret ; puis la regarder se pomponner, prête à me trahir, et à la dernière minute faire semblant de découvrir qu'elle se prépare à me tromper en fouillant dans son téléphone portable. Les crises de couple sont de merveilleuses occasions de mise à jour… Avançons ! Merci la technologie. »

3°) Quel angle mort de votre vie amoureuse aimeriez-vous raconter enfin ?

« J'ai seize ans. J'aime trop les hanches d'Antonia, une fille d'une grâce inhumaine. Je crois en elle et, croyant en elle, je crois en moi. Je reçois de notre amour une force impensable, définitive. Un soir, sa mère me roule une pelle avec une telle suavité que je me laisse capturer, sans comprendre ce que cette histoire déréglée vient faire dans ma vie. Puis elle me donne du plaisir avec ses lèvres. J'abandonne mon sexe à la bouche de cette femme droguée qui joue avec la mort sans l'aimer. Très curieusement, ma relation avec Antonia n'en fut que raffermie. Illogisme des sentiments qui, parfois, se fraient un chemin dans l'impensable. Rien ne peut arrêter un grand amour, ni le vice ni les manœuvres, ni le désespoir des femmes malheureuses. Je n'ai jamais su quoi faire de ce souvenir à l'odeur de désordre. »

Quelques instants plus tard… me voilà honoré d'être accepté sur la page Facebook des Double-Cœurs. Je découvre alors un peuple qui incarne une altérité aussi fascinante que celle de « sauvages emplumés » des basses latitudes.

Une femme y déclare, dans un commentaire plein d'élégance, qu'elle ne veut appartenir qu'à l'homme qui la couvrira de pétales de pivoines *chaque soir* au moment de l'endormissement ; et personne ne trouve cela ni bizarre ni excessif. Les filles n'ont-elles pas vocation à être aimées parfaitement ?

Certains se sont fait construire des lits qui ressemblent à s'y méprendre à mon futur « lit-bibliothèque », cernés de livres suspendus à des poulies, où l'on peut s'aimer des journées entières tout en cueillant des romans fous…

sans jamais quitter sa belle. Nous avons bien les mêmes fantasmes !

Mon Dieu qu'il est rafraîchissant de tomber sur un inventaire de gens qui croient en la passion inventive, bricoleuse et dingo. Et qui l'assument dans un siècle où l'insipide règne !

La culture Double-Cœur

En parlant des Double-Cœurs, je voudrais ici capturer autre chose que leur seule individualité tant ils créent une culture à part entière, une sorte d'idéologie sentimentale qui prend congé du *Discours de la raison*, des bornages moraux classiques, du code civil et des opinions calibrées sur l'amour.

Mais entrons d'abord en contact avec ces mages de la tendresse et de l'érotisme non bâclé. Que vois-je ?

Un entrelacs de caractères joviaux nourris de l'essence de leurs désirs, un herbier à libertés. En eux brûle une curiosité métaphysique qui les fait entrer tous armés dans le bonheur. Avec eux, l'homme et la femme sont rétablis dans leur vérité magique. La joie est leur octave favorite. Leurs mots appellent toujours une action :

– Une aficionado de la collection Harlequin, juge d'instruction, découpe dans ses livres toutes les scènes qu'elle désire vivre avec son mari, restaurateur à Beauvais. Ce jeu les enchante. Pour chaque scène, il lui trouve une musique appropriée[1].

– Une ex-méchante de Verdun[2] déclare que l'amour l'a convertie à la gentillesse. Côté venin, elle avait de qui tenir : la fripouillerie fut chez les siens une charge héréditaire. Trente générations de vipères. Enfant, elle médisait de ses poupées. On l'avait envoyée en fac pour qu'elle polisse son mauvais fond. Elle s'était entraînée au Louvre à insulter des toiles qui ne pouvaient pas riposter. À chaque mauvaise action, cette teigne avait eu le trac. Et puis un jour, elle a rejoint les Double-Cœurs… et a cessé d'être un ange remodelé par le démon. Depuis, elle écrit un poème d'amour par jour à son mari.

– Une étudiante de Saint-Denis un peu lesbienne au regard vif et intense, issue de plusieurs révoltes (sociale, affective, esthétique). D'une innocence rouée, elle arrive en droite ligne de Rimbaud. Cette Double-Cœurs de vingt-deux ans refuse le prêt-à-porter des idées en fabriquant tout le matériel dont elle a besoin pour aimer parfaitement (tenues conformes à

1. La dernière se déroula en écoutant *Against All Odds* de Phil Collins.

2. Son journal intime de jeune fille était intitulé « Les roses de la méchanceté ». Ce qui ne manque pas d'élégance.

ses fantasmes contradictoires, perruques qui lui font toutes les *têtes* qui la définissent, préservatifs en substances alimentaires bio, pyjama sur lequel sont imprimées les mains de son amant, etc.).

– Une amante de dix-sept ans que je situe à mille lieues des amours qui enferment. Ivre de rumba, cette fille à crinière n'est pas bornée par le besoin d'être rassurée. À son fiancé, elle vient de lancer : « Rien de ce qui est toi ne me fait peur. Veux-tu une autre femme ? Je te la choisirai et nous l'apprivoiserons dans nos draps. J'aime ta liberté. » Entière, elle lui offre la possibilité d'être entier en amour, sans angle mort. C'est ainsi qu'elle conçoit la passion au long cours.

– Une star en provenance de l'âge d'or du cinéma, Alain Delon, s'est faufilée parmi eux. Empanaché de tragique, plus viscontien que jamais, il trouve son meilleur rôle dans ce culte de l'amour longue durée dont il parfume Cinecittà. Négligeant la troisième personne, Delon rédige parfois des posts éblouissants de nostalgie et se dit, en son crépuscule, un cœur encore à capturer. Avant de prendre congé, il y met une dose d'immortalité qui lui vient de ses randonnées dans le cinéma éternel.

– Une réprouvée de la vie intellectuelle germanopratine, correctrice pour des maisons

d'édition. À trente-deux ans, passionnée de samba, de tendresse et de cha-cha-cha, cette inventive hait les bis repetita. Elle se veut une virtuose de la première fois. Aucune étreinte avec son époux ne répète une nuit antérieure. Elle regarde l'amour comme un sérum contre l'ennui. On aimerait que toutes les épouses prennent exemple sur elle.
– Patrick Poivre d'Arvor surgit au détour d'un commentaire. Double-Cœur-né, il promène ses nonchalances souriantes avec l'espoir de décrocher une passion stratosphérique. Fréquenter les ardeurs de ses frères de songes réconforte ce nomade qui rêve d'être assigné à résidence dans le cœur d'une seule.
– Une polisseuse de métaux de cinquante-sept ans me fascine. Revenue de sa vie de militante crypto-communiste, elle a dressé son chien à flairer les hommes doux et à mordre les beaux-parleurs (descend-elle directement d'Abélard ?). Son chien-loup lui garantit l'authenticité de ses galants.
– Une intense dévastée par les souffrances d'une polyarthrite ankylosante. Dans son calvaire perpétuel, elle témoigne d'une fougue de vivre, d'une fraîcheur de cœur qui font défaut aux Petits-Cœurs. Ses vingt-huit ans sont tout de printemps.
– Une liseuse de quarante-sept ans – manager

de boutique de déco – qui, de toute sa vie, ne put jamais poser un roman entamé, tant elle échafaude d'hypothèses pour poursuivre l'action. Ses amours ne sont que rebondissements. Pour elle, un mariage malheureux est une contradiction dans les termes.
– Un prélat scorsesien de soixante-quatre ans, au bivouac entre la masturbation, la sublimation et le recours à Tinder. Il se promet d'user des trois solutions pour ne désorienter aucune partie de son âme et de son corps. Jeune, cet ecclésiastique sensuel baisa longtemps sa sœur avec motivation ; mais la morale est sauve puisqu'il renonça à l'épouser. Sa curiosité reste intacte.
– Isabelle Adjani se profile sous des masques que je reconnais. Haïssant les tièdes, elle ne pouvait que se reconnaître chez ces chasseurs de perfection. Ses pensées, mystérieusement aérées, donnent aux échanges des Double-Cœurs le ton de hauteur d'un théâtre amoureux parfait. À travers elle, c'est *Ondine* qui parle, *Antigone* qui exige. Le sublime reste le point fixe de sa géographie mentale ; elle ne pouvait qu'atterrir dans cette famille.
– Un critique littéraire opiomane qui, sûr de savoir ce qu'est la littérature, ne craint pas de légiférer sur le bon goût. Saisi par ses élans fabulatoires, il écrit ses prescriptions sur la peau de ses amantes, apparemment

heureuses de devenir des femmes-pupitres. Ce qui se comprend. Une femme sur qui l'on ne projette rien peut-elle se dire aimée ?
– Une commerciale d'une témérité sexuelle méritoire avec son époux – un haut fonctionnaire lassé de la pensée expertocratique – retient mon attention. Cette luronne de quarante-trois ans calque son inconduite sur celle d'une race de singes fidèles, les Zubiaux (espèce endémique du Vanuatu), qui ne jouissent pas moins de sept fois par jour. Heureux les Zubiaux et leurs imitateurs !
– Une éditrice de soixante-cinq ans créditée d'une aura méphitique qui désire publier un *Guide de l'érotisme éternel* pour aérer l'imaginaire de ses contemporains. Découvrant le mérengué, cette créature immiséricordieuse semble persuadée que l'orgasme est le plus puissant des antimigraineux. Comment lui donner tort ? On verra en elle une cousine d'Henry Miller.
– Une dame âgée de Trois-Rivières (Québec) qui a enfin osé déclarer son amour à un galant de jeunesse agrippé à sa mémoire pendant… cinquante-sept années. Elle nous dit que l'amour ne se détériore jamais. Les voilà installés dans un été indien perpétuel. Elle use d'une langue savoureuse, très Colette revue et corrigée par des tournures de la Belle Province.
– Un poète vietnamien qu'un éclat d'obus

a privé de visage, qui a renoncé en 1972 à jamais émouvoir une femme et qui, pour n'être pas frustré totalement, propose à qui veut d'écrire des vers d'amour adressables à toutes les belles qui en raffolent. Embusqué derrière sa laideur, il signe pour les autres des déclarations époustouflantes, dit des choses que l'on croyait informulables.

– Le scintillant Emmanuel Macron est également là, comme aspiré par le climat d'extrême vérité qui règne chez les Double-Cœurs. Le golden boy métamorphosé en guide spirituel policé semble fatigué de lui-même, ça se sent. Sous le masque – très reconnaissable – de Jeanne d'Arc, on le voit ondoyer parmi les amateurs de sublime, comme si l'hypercomédien cherchait à vérifier que sa compagne est supérieure aux donzelles qui titillent ses sens en l'invitant à des folies tête-bêche. Après avoir siphonné les vanités publiques avec son coup d'État BCBG et technocratique, que lui reste-t-il d'autre à goûter que la perfection d'un amour encore à naître ?

– Un pilote de guerre de cinquante-trois ans – délicieusement gay – donne une description clinique de ses pratiques avec son mari ex-ministre. Ces deux-là s'adonnent à des délires de tendresse en ne se touchant depuis sept ans qu'avec des plumes.

– Trois infirmières rêveuses, pas encore

trente ans. Elles aspirent au mariage éternel sublimé de coups de théâtre et ne se déplacent qu'en tandem (au cas où surgirait l'âme sœur pour pédaler dans les côtes).
– Une cougar en pleine renaissance dont la chair, trop catholique, n'avait jamais frémi avant de se recycler dans l'amour pour un jeune dandy. Il la gifle, l'humilie à souhait et la violente avec une animalité fantastique ; et l'emmène ainsi jusqu'au fond de sa vitalité.
– Un Cagliostro des thérapies brèves de quarante-neuf ans qui, tous les jours, tente d'hypnotiser son épouse pour la prendre (la levrette en transe l'exalte, tout comme la sodomie par télépathie, pratique merveilleuse qui ne présente que des avantages).
– Une clitoridienne de haut mérite âgée de vingt-cinq ans. Cette tendre personne entre volontiers dans les personnages qu'elle se compose – ce qui exige un talent de comédienne, dont elle est abondamment pourvue – pour satisfaire tous les appétits de son fiancé. Pour elle, dire oui à tout est normal dès lors qu'on aime.
– Un descendant charmant du Roi-Soleil de vingt et un ans qui incite la population à la copulation hâtive contre les murs des châteaux avec ce grand ton français en usage à Chambord vers 1650. Ce jeune drôle, très Jean

d'Ormesson d'aspect et d'yeux, pense toujours à forniquer contre les murs des édifices de belle tenue en maîtrisant à la perfection, jusque dans l'action, le subjonctif imparfait. La France éternelle a du bon...

– Un entomologiste mondain, animateur de radio de trente-sept ans, qui répertorie les proustologues aptes à imiter les mœurs amoureuses des personnages de Marcel Proust (il *catleyate* bénévolement avec tout proustien de bonne réputation).

– Philippe Sollers lui-même s'est glissé dans la danse. Épuisé par ses postures, fatigué de ses amitiés factices, le voilà renaissant parmi les sincères, revitalisé parmi les naïfs, affirmant qu'au fond il n'est pas de plus grande idéologie moderne que celle de Madeleine Lévy. En rupture avec tous ses écrits, penaud mais heureux, il s'ébroue en Double-Cœur tardif.

– Une pâtissière de trente-quatre ans établie dans la station de l'Institut polaire français en Antarctique. Cette épistolaire ardente entretient avec son amoureux du Limousin la plus sulfureuse des correspondances érotiques (devinera-t-on jamais à quel point l'imaginaire profite des grandes distances pour tendre un arc électrique entre deux cœurs ?).

– Une grammairienne, grande danseuse de java, espièglissime dans son quotidien

d'enseignante à Roubaix. Elle établit des listes de mots à éviter pour aimer longtemps (ses grâces de style ne sont pas sans évoquer celles des frères Goncourt).
– Quelques quinquas de la grande banque, remuant de gros capitaux. Ces fauves du capitalisme, boursouflés du moi et cinglants d'arrogance, se révèlent d'immenses cœurs. L'amour a cette vertu d'expulser hors de soi la vilenie.
– Un cardiologue de soixante et un ans dont l'épouse sur-attentionnée vit à mi-temps en Argentine. Il est fan d'orgies de douceur. Elle revient systématiquement de Buenos Aires quarante-huit heures avant leurs retrouvailles, le temps que ses yeux dégonflent avant de paraître face à lui ; et si son visage n'est pas parfaitement apaisé et sublime à l'heure dite, elle envoie une escort-girl très tendre à sa place ; ce qui témoigne d'un respect immense – quoiqu'un peu exotique – pour leur histoire. Elle n'y insère aucune imperfection.
– Une Messaline cérébrale de trente-quatre ans, rugueuse magistrate dans le civil à Angers, qui abat son jeu fouetté dans ses posts. Elle souhaite que nous le fassions tous, avec ou sans cravache (sa prose fleure bon les spécialistes de l'érotisme cuisant du XVIIIe).
– L'écrivain Christian Bobin est également parmi les Double-Cœurs, tout habillé de ferveur. En apôtre du spasme parfait, il vient

donner sa grâce à ces quêteurs d'absolu et distribuer ses aphorismes tout de lumière. Le reclus du Creusot improvise des définitions merveilleuses. J'en conserve une, volée dans le flot de ses posts : « Amour : Dieu comprimé jusqu'à l'homme. Passion : l'homme dilaté jusqu'à Dieu. » Les volumes inspirés dont Bobin s'est acquitté lui donnent toute l'autorité morale pour que les passionnés soient disposés à l'écouter. D'évidence, il est pourvu d'un ADN certifié Double-Cœur.

– Un parleur strasbourgeois, clerc de notaire de trente et un ans, sorte de meeting ininterrompu (quand il ne danse pas la valse) qui a un faible pour la flatterie. Il sait bien qu'on attrape les filles par les oreilles, mais il réserve sa faconde pour une seule.

– Une cascade de feux follets pétaradants et sans filtres qui se découvrent la vocation de la caresse lente, presque torturante, pour rendre dingue leur moitié.

– Un député très à droite qui, lors du débat sur le mariage gay, dut voter le texte à contrecœur. Sa merveilleuse épouse, jadis un peu lesbienne, l'avait menacé de le tromper avec une femme s'il votait mal. Chez les Double-Cœurs, l'amour domine les opinions.

– Le vieux Michel Serres surgit dans un post solaire, plus entortillé d'amour que jamais. On ne lui sent plus assez de corps pour le plaisir mais assez d'âme pour aimer. Dans notre époque-bascule qui hésite entre plusieurs avenirs, cet heureux de souche s'avoue Double-Cœur sans répit. Intercesseur entre plusieurs époques, Serres prend gaiement le parti de Madeleine Lévy et invite tout un chacun à manger des huîtres après avoir fait l'amour. Rien ne lui paraît plus important que la galanterie latine dont Madeleine est l'héritière officielle. « Dorlotez l'amour ! » s'écrie le philosophe bardé de sourires en citant le cardinal de Bernis.

– Une lycéenne spécialisée dans le sexe impromptu avec les pères de ses copines. Elle se prend pour une Lolita de chair et offre le meilleur de ses câlins à celui de sa meilleure amie.

– Une inspectrice des impôts de trente-sept ans et du premier mérite qui ne suce – avec des lenteurs prodigieuses et des trésors de tendresse – que les hommes qu'elle redresse. Presque une incitation à la fraude... Sa conviction est qu'elle trouvera bien ainsi celui qui la conduira à la perfection orgasmique.

– Des cinglées de danses orientales, intoxiquées de contre-poncifs et des aphorismes de Philippe Sollers. Certaines pratiquent le saut en parachute en vol libre mais toujours en duo, au motif qu'un baiser dans le ciel, tête à l'envers, surpasse tous les autres en délices.

– Un maire de cinquante et un ans disponible à la ferveur qui danse le cha-cha-cha. Il a revu et corrigé ses cérémonies de mariage pour leur injecter une dose de folie. La liste des serments exigés inclut notamment l'engagement de faire rire l'autre tous les jours.

Que d'amour, enfin ! Les libertés s'agglutinent sur le mur de cette page. Tout le contraire de nos sociétés chafouines, résignées et médiocrisées, qui dansent trop peu. Et qui baisent sans frémir.

Comme ils sont loin, tous, de Dizzy qui n'accueille le destin que dans le scepticisme. Oui, si éloignés de son pessimisme jovial. Pourtant, j'aimerais tant que les Double-Cœurs aient rendez-vous avec cet homme, qu'ils fissurent sa carapace brillante.

Pour la plupart, ces gens très insérés dans le siècle – Macron et d'Ormesson ne sont pas précisément des marginaux – éclairent leur amour à la bougie parfumée[1]. Amis du clair-obscur, ils ne fréquentent plus guère les restaurants dont l'éclairage trop criard ruine l'éclat des femmes.

Beaucoup semblent s'être connus sur cette page Facebook, en commentant des commentaires, en y accrochant parfois leurs lubies puis… en se rencontrant pour aller danser.

La pensée de Madeleine Lévy paraît avoir

---

1. C'est ainsi, via son avatar en Jeanne d'Arc, que l'on apprend qu'Emmanuel Macron et Brigitte sont coutumiers de la chose. L'Élysée est désormais parfumé au jasmin.

embrasé leur imagination. Dans ce chapelet de caractères, connus ou inconnus, il n'y a ni calme ni raison ni prétention. Ces ex-Petits-Cœurs pétris de lecture ne veulent plus « passer à côté de leur vie ». Comment leur donner tort ? Tout aux délices de l'indiscrétion, ils défendent le droit aux prodiges, comme si la vie les avait cherchés pour être plus vivante.

Partout dans leurs écrits on trouve grâce, confiance, érudition et éclats de jouvence. Rien de confectionné, tout sonne authentique – surtout leur certitude que *l'amour est voué à durer*.

Tous assument frontalement leur intention de supprimer les discordances entre l'idéal et le réel.

Ils prennent congé de l'actualité triste en éteignant leurs télévisions pour se concentrer sur l'amour.

Ce « peuple de l'amour fou » renoue avec la fluidité d'un Marivaux, l'épique d'un Alexandre Dumas, la drôlerie folâtre d'un Guitry, la frénésie du XVIIIe siècle libertin et la fidélité selon Madame de La Fayette. Ils ont la délicatesse pour viatique. À chaque ligne de cette page Facebook, la grande galanterie est de retour[1].

1. Cette galanterie qui n'est pas un faux nez de la domination masculine mais un hommage constant et une liberté joyeuse.

Objets des Double-Cœurs
(quelques exemples)

Je ne résiste pas à la joie de vous montrer quelques objets dont raffolent les Double-Cœurs. Je les ai glanés sur leur page Facebook.

Lit-bibliothèque :

Tout Double-Cœur a le goût de dormir au milieu des livres, de faire l'amour dans la cacophonie délicieuse des mots et de rejoindre les songes de sa bibliothèque transformée en lit. Une amante réelle doit aussi être une amante cérébrale, habillée et maquillée de littérature.

Machine à suivre les autres directions :

En tant que Double-Cœur, je ne me sépare jamais de mes trois dés. Injecter du hasard dans notre sort trop réglé sauve la passion. Relancer ses dés, c'est aérer son amour et faire confiance à la vie en se laissant gagner par une humeur farceuse, poétique et rimbaldienne.

Réveille-matin pour amants véritables :

Les Double-Cœurs sont tous équipés d'un réveille-matin à trois sonneries. La première éveille pour paresser contre l'autre, nu, en se félicitant de la chance que l'on a de dormir ensemble. La seconde indique qu'il nous reste tout juste le temps de nous tresser avant de nous éveiller tout à fait. La troisième sonnerie prévient qu'une journée d'amour fou s'ouvre.

Machine à écrire des lettres de rupture :

Cette machine métallique – la fameuse *Typewriter* de Remington – est l'instrument idéal pour écrire des lettres de rupture. Le froid du clavier désinhibe, le bruit de la frappe mécanique distancie ; ce qui permet de rédiger des lettres glaciales, cruelles et irréversibles, car il ne faut pas que les capteurs d'attention et de temps nous écartent de l'âme sœur pour laquelle nous sommes nés.

Lit-à-vivre-tout :

Tout Double-Cœur aspire à lire en faisant l'amour, à travailler en faisant l'amour, à croquer des fruits en faisant l'amour, à regarder des films en faisant l'amour, à… TOUT faire en faisant l'amour. Pour maintenir en soi une réserve constante de douceur et de volupté, il convient donc de s'équiper d'un lit à baldaquin permettant tout cela, muni de poulies… Tout doit être à disposition…

Le Jour des Double-Cœurs

Le rêve de Madeleine n'est donc pas resté confiné dans son livre de 1947. Dizzy n'aura pas réussi à l'étouffer. Il a réellement pris corps au début du XXIe siècle, très clandestinement, sans que la presse[1] mène tapage au sujet de ces sécessionnistes. D'évidence, on se moque de leur cause dans les milieux qui tiennent le crachoir.

L'indiscrétion frénétique de Jean d'Ormesson a permis à Madeleine Lévy de se faufiler vers une quasi-gloire posthume. L'expert en passions lui a rendu bien davantage qu'une parcelle de survie : un royaume en cours de mondialisation[2].

Comme si *Le Jour des Double-Cœurs* était arrivé.

Un univers concurrent du monde

Ces heureux sont en train de créer un monde plus séduisant que le nôtre. L'art d'aimer en est la capitale, le courage d'être entièrement soi la Loi et la sincérité l'humeur. Hédonistes

---

1. Mais à quoi pensent donc les salles de rédaction ?

2. Nul doute qu'avec le temps elle finira en sainte, en aventurière mythique, en guérillero mythique du cœur, voire en poster.

de première force, adorateurs de la tendresse, ils travaillent en aimant ; ce qui les conduit à faire bien des choses depuis leur lit d'amour. Ils éduquent en aimant ; et scindent en deux leurs appartements afin que les enfants – ces grands saboteurs d'érotisme – ne perturbent pas trop leurs ébats.

Ils se nourrissent en se câlinant, ce qui les incline à dévorer les fruits en duo, chacun d'un côté de la pêche, de la figue ou de la mangue épluchée.

Leurs principes charmants les accaparent.

Voici la liste de leurs sept Devoirs :

1°) L'amour n'est pas un sentiment mais un festin de folies.

2°) Le déclin de la passion, ça n'existe pas. Le cœur est fait pour vieillir sans craquelures.

3°) Aimer, c'est méditer ensemble. Le rire aussi est une méditation.

4°) Aimer intelligemment, c'est frustrer avec talent.

5°) On ne peut aimer toujours qu'une femme ou un homme qui aime trop la vie, qui lit trop, qui danse trop, qui médite trop, qui invente trop, qui cuisine trop, qui embrasse trop, qui rit et chante trop. Les incommodes sont des chances.

6°) La passion doit rester un récit captivant, si possible un thriller. L'imagination doit s'ébrouer toujours !

7°) Vivre, c'est aimer, c'est exiger un chef-d'œuvre sinon rien ; le reste on s'en fiche.

L'art subtil de s'interdire des choses

Peut-on aimer toujours sans s'interdire certaines choses ? Pour que le quotidien soit bien la poésie de l'amour, ne faut-il pas juguler ses envies avec art ?

Rien ne donne plus envie de crier qu'un bâillon.

Amoureux de la frustration, les Double-Cœurs avouent sortir d'une longue période « d'aliénation à la pensée des Petits-Cœurs ». Aussi s'autorisent-ils, chaque jour, à se refuser tout ce qui pourrait rendre la vie à deux trop facile.

L'une préfère faire chambre à part, en Seine-Saint-Denis. L'autre, dans la Drôme, prétend que faire l'amour avec les mains n'est pas assez frustrant pour être excitant ; elle se les lie dans le dos. Un troisième, à Manhattan, affirme nécessaire de s'interdire de rentrer tous les soirs chez soi quand on vit en couple – afin d'introduire un doute stimulant chez son compagnon.

N'est-ce pas le début de la sagesse ?

Ces Merveilleux de tous âges se trouvent en lien constant via les réseaux sociaux mais surtout, on l'a vu, ils se géolocalisent grâce à happn qui détecte les profils des Double-Cœurs croisés dans la vie réelle.

Le plus excitant vient de ce que happn suggère dorénavant aux Double-Cœurs d'aimer « comme dans les romans qui décalibrent nos sentiments ».

Une dizaine d'écrivains de grande race, pourvoyeurs de rêves et de stratégies excitantes, ont été retenus par l'application : le très inflammable Aragon, Marivaux expert en retournements, Choderlos de Laclos d'une rouerie délicieuse, Madame de Lafayette incorruptible, Shakespeare le copieux, Héloïse et Abélard si obstinés, le si doux Bobin, Musset le fougueux, le très divertissant Sade pour qui sait le diluer et lui ôter ses rages, Casanova en ivresse de tout et l'intense Robert James Waller. Que des champions de la Littérature.

S'ajoute à cette liste une plume du second rayon, un ami des battements de cœur déréglés, Alexandre Jardin. Cet inadapté au monde, issu d'un clan coloré, transfigure les fadaises du romantisme en leur prêtant une saveur d'extravagance[1]. Même si, soyons clair, ce plumitif est au poète sacré ce que l'acrobate forain est à l'athlète antique.

Chaque Double-Cœur est invité par happn à s'engouffrer, s'il le souhaite, dans le sillage d'une obsession, à s'inspirer d'une façon singulière d'aimer l'amour. Les uns sont donc plutôt *Madame de Merteuil*[2], les autres *Mademoiselle Liberté*[3], les autres se sentent plus proches de l'héroïne lessivée de *La Route de Madison* de Waller – car il y a du plaisir à vivre une passion inachevée.

S'immerger dans ces fabricants de fiction et, surtout, plagier leurs mœurs, c'est se hisser assurément au rang de Double-Cœur.

Éditrice, Madeleine croyait qu'on ne peut aimer véritablement sans mener ce qu'elle appelait *une existence littéraire* – que l'on écrive ou pas. Il s'agit pour elle de laisser infuser certains livres dans notre conduite. N'écrit-elle pas, dans *Les Double-Cœurs* :

---

1. Alors qu'une écœurante banalité est uniformément répandue sur son visage et son existence ; on le sait désormais après enquête. Il n'égale ses héros de papier qu'un jour sur deux... c'est dire s'il est négligent !

2. Manipulatrice de premier rang, héroïne des *Liaisons dangereuses*, grande épistolière.

3. Une inapte au moindre compromis, éprise de pureté, La *Mademoiselle Liberté* d'A. Jardin se rêve spartiate des sentiments. Elle tient toute reculade pour « l'ennemi intime ».

« Les écrivains d'importance sont ceux par qui chacun peut devenir le récit du texte de son être. Le vacarme de leur œuvre ne sera jamais éteint dans le cœur des amants. »

À moi de jouer

Excité, je télécharge happn sur mon smartphone.

J'en découvre l'interface, m'inscris grâce à mon adresse Facebook et gratifie aussitôt d'un *like* une femme au cœur intelligent.

Puis je remplis l'intégralité de mon profil et me signale aussitôt en tant que Double-Cœur en publiant, parmi les neuf photos dévoilant mes goûts, un cliché de la carte de Tendre des Double-Cœurs afin que les dames qui me croiseront par hasard (mais est-ce un hasard ?) sachent de quels rêves illimités je suis habité. Qu'on n'aille surtout pas se figurer que j'ai les sens vagabonds ! Le blason que j'endosse par cette photo indique que je renonce à vivre à température normale. Moi aussi je veux « un chef-d'œuvre, sinon rien », et remplir tous mes Devoirs !

Pour clarifier encore mes espérances, j'indique sur mon profil adhérer à l'univers cinoque d'Alexandre Jardin. J'affirme me reconnaître dans les folies dionysiaques de Musset et nourrir une curiosité facétieuse pour les manèges envisagés par certains cœurs. Une femme rendue frissonnante par des jeux un chouïa barbares est-elle à dédaigner ?

Je signale également mes « goûts musicaux » en privilégiant moins mes inclinations réelles que ce que signifient les titres des morceaux, comme nombre de Double-Cœurs qui s'amusent à bricoler des phrases à partir des titres : *Nous dormirons ensemble* de Jean Ferrat, *Quand on n'a que l'amour* de Brel, des airs du très hispanique Alejandro Sanz (*Deja que te bese*), etc. Sans oublier le stock de ce qui me transforme en marshmallow larmoyant : les mélodies arrache-cœur de Grégoire[1], *Je fais de toi mon essentiel* d'Emmanuel Moire ou des airs de Nilda Fernández[2].

Sur mon profil, j'ajoute également une poignée d'indices très clairs pour que l'on puisse approfondir mon *cas* sur Facebook.

Puis, le cœur heureux, je rejoins ma page Facebook. En guise de bannière, je choisis la carte de Tendre des Double-Cœurs. Puis je me mets à remplir le questionnaire de Madeleine. La plupart des Double-Cœurs l'ont épinglé en haut de leur mur. Ma page Facebook sera

1. Ah, *Les Roses de mon silence* de Grégoire !
2. *Mon amour* par Mercedes Sosa et Nilda Fernández !

sans doute la première chose que découvriront mes rencontres inopinées mais certainement pas hasardeuses sur happn[1]...

Questionnaire de Madeleine

Mon objet préféré pour aimer plus :

Le piano-lit. Piano à queue mécanique réaménagé en lit à deux places. Il joue tout seul afin de ménager la privauté des couples tout en faisant bénéficier des vibrations de Chopin ou de Brahms. Ce Steinway agit alors comme un sextoy virtuose, tant sur le corps devenu conducteur de musique que sur le cœur qui l'amplifie.

Ma qualité d'amant préférée :

L'aptitude à ne jamais rien faire deux fois.

N'est-ce pas un minimum pour mériter le grade d'amant ? C'est ce que pensent Chateaubriand et son fils naturel Jean d'Ormesson.

Un « lover » de premier choix doit se réinventer comme il respire et, en imaginant chacun de ses gestes, affecter l'imagination de sa maîtresse. Il s'improvise à chaque rencontre. Ingénieux, facétieux et ami de la tendre surprise, il ne se

1. L'application n'est pas conçue pour passer de happn à Facebook. Il faut absolument que des indices clairs soient laissés intentionnellement sur le profil happn.

ressemble jamais. C'est ainsi qu'avec lui le sexe reste une ambition.

Un grand amant ne saurait donc se limiter à pratiquer une ou deux danses répertoriées... Sept ou huit est un minimum.

Le principal trait de mon caractère amoureux :

Je ne cause jamais d'amour, je bricole des difficultés attrayantes et confectionne des circonstances inquiétantes.

Au diable le bavardage sentimental !

Une situation, elle, ne ment pas. Elle pose des questions au lieu d'y répondre.

La dernière fois que je suis descendu à l'hôtel avec ma belle, j'ai réservé deux chambres dans des ailes éloignées d'un palais sicilien. L'idée m'est venue en feuilletant des pages de Philippe Sollers, grand Double-Cœur qui recommande cette pratique. Cela étonna un peu à la réception, parut l'effet d'une opulence qui permet le jeu de l'impudeur feinte.

Elle a ri de mon idée au lieu d'y voir une façon d'imaginer différemment notre désir. J'ai insisté. Elle consentit enfin à la distance rapprochante. Nous avons passé la nuit à nous échauffer sensuellement par SMS, avec humour et quelques envolées barbares. La nuit, les langues se délient. Nos retrouvailles à l'aube furent de braise.

La qualité que je préfère chez les maris : *L'acharnement tendre. J'apprécie que les maris considèrent chaque jour comme un anniversaire de noces. Cela oblige à concevoir autre chose que le réel. J'admire qu'ils aient l'obsession de tourmenter de bonheur leur femme – comme les personnages de Jardin (fils).*

Un mari acceptable doit être le metteur en scène inspiré, le co-scénariste délicat, le musicien touchant et le truqueur charmant d'un thriller implacable au titre clair : « Un frisson sans fin ! » Et non un spectateur. Toujours mettre un peu de musique dans le Rexona...

L'été, quand je file en vacances avec ma belle, nous dormons entre onze heures du matin et seize heures afin d'éviter la lumière zénithale qui nuit à sa beauté. Les femmes sont plus éclatantes au crépuscule et à l'aurore.

P.-S. : j'ajouterai, parmi les qualités d'un mari, une magnifique capacité d'amnésie.

La qualité que je préfère chez les épouses : *J'aime qu'une femme soit « trop » : qu'elle ressente trop, lise trop, soit trop sûre d'elle-même, rie ou pleure trop, qu'elle aime trop la poésie (les pires) et la douceur, qu'elle aime trop la musique, qu'elle danse trop, soit trop rebelle, trop généreuse, trop lucide, trop ardente, trop libre... trop vraie.*

On ne peut aimer une femme jusqu'au bout de

la vie si elle n'est pas folle, ivre de vie, d'idées, d'avoir un corps. Folle !

Mon principal défaut en amour :

Je crois, et j'en tire une honteuse volupté, en l'illusion de la possession. Rien ne dissipe chez moi ce mirage, ni ne le détruit, pas même la tromperie.

Si je me laissais aller, ma belle serait virtuellement recluse dans une existence claustrale, une prison chatoyante dont je détiendrais les clefs. J'ai honte !

Ma principale qualité en amour :

Le goût persistant de la pureté, un penchant malcommode mais qui ne manque pas d'élan – ni d'absurdité charmante. À quelle fée en suis-je redevable ?

La fréquentation du duo Drieu la Rochelle-Aragon m'aurait-elle versé dans le cœur ce dérèglement ?

Je juge irréparable un amour écorné et me moque bien que la vie exige de l'indulgence. Après une biaiserie, aucune régénération ne me semble concevable.

Ce que j'apprécie le plus chez mes amis :

Qu'ils répugnent à mener une existence calme – autant dire ratée, au sens où l'on rate un train.

Mon occupation préférée lorsque je suis épris(e) :

Inventer des obstacles à mon amour. Aimer bien, c'est s'empêcher d'aimer trop facilement. L'impossibilité redonne à l'imagination le premier rôle.

J'ai donc formé le projet d'aimer une femme en faisant tout, absolument tout ce qui est en mon courage, pour que ne nous tombions jamais amoureux. Ce but, pour paradoxal qu'il soit, est sans doute une issue pour s'aimer toujours. Mais n'est-ce pas une folie ?

Mon rêve de bonheur sentimental :

Ne vivre que de galanterie hypnotique. Rechercher toujours l'agrément de mon aimée. Lancer des défis à l'amour, du matin jusqu'au soir, m'est spontané.

Quel serait mon plus grand malheur érotique ?

Oublier d'être sauvage. Tolérer des gestes décents et des postures normalisées est un scandale.

À part moi-même, qui voudrais-je être pour qu'on m'aime ?

Un personnage de théâtre infiniment galant descendu dans le monde réel. Un fantassin de l'érotisme à la découverte de la part la plus mystérieuse de sa belle…

Le pays où j'aimerais vivre avec ma moitié :

Un pays silencieux sans mots pipeurs, une province de la vie où seuls les actes d'amour diraient la passion.

La couleur que je préfère :

Celle des yeux d'une femme aux désirs illimités, une personne qui soit la fille naturelle de la Vie, heureuse par conviction et gourmande par réflexe. Ras le bol des filles limitées, bâillonnées !

La fleur que je préfère offrir :

Une fleur aux mille pétales... à effeuiller sur les seins de ma bien-aimée. La fleur qui caressera le plus doucement ses lèvres. Battons en brèche l'usage banal que nous faisons des pétales. Destituons la bienséance au profit de la sensualité. Emmanuel Macron est d'accord.

Mes auteurs sentimentaux favoris en prose :

Ceux que l'on peut piller pour adresser des lettres d'amour de belle tenue ! Expédier une lettre d'amour grise est une faute. Ces gisements de couleurs sont, par chance, en self-service dans toutes les bibliothèques.

En tête bien sûr, Musset, Neruda et Aragon, trois distributeurs d'absolu...

Sans oublier Dizzy, et Casanova qui eut la grâce d'écrire sa vie exemplaire en français. Si ces deux-là sont avares d'émotions évidentes – hors le désir brut –, ils ne le sont pas de nuances que je vous recommande.

Mes poètes amoureux favoris :

Villon le débraillé. Se le mettre en bouche, c'est prendre l'accent de la vie et dissoudre son ennui. Je veux être de son lignage, fréquenter ses audaces et ses ivresses !

J'ai eu ma saison Ronsard, mon hiver Baudelaire et mon printemps Malherbe, et tant d'autres vacances élégiaques, mais Villon reste mon dompteur.

Puis Neruda et ses avidités sont venus perturber ma météo interne… Revient-on jamais d'aimer un athlète de l'excès ?

Mes héros dans la fiction sentimentale :

Les intoxiqués d'absolu sont tous les amis naturels du « Zèbre » de Jardin (fils). Son roman de jeunesse est certes maladroit, mais son héros est réussi. Assez cabot, son Zèbre est barricadé dans une fantaisie qui le dessert tout en l'aidant à réussir sa quête : réveiller la passion de son épouse amollie.

Mes peintres préférés représentant la nudité :

Botticelli car sa part de naïveté ne se dégrade jamais en innocence ; Zorn car son avidité sexuelle ne s'abîme jamais en vulgarité. Comment un artiste se dégrade malgré lui est une question gigantesque...

La passion vivante ne se dégrade pas.

Les héros de ma vie affective :

Je raffole des personnages dont la vie se trame de petits miracles. Ces gens-là débornent nos horizons. Je goûte à la folie les charmeurs de hasards et les défonceurs de probabilités.

Tous ces chevau-légers méritent une ample poignée d'attributs ou de titres : « poètes d'un réel imbuvable », « anxiolytiques contre l'ennui », « brutaliseurs inespérés »...

Mes héroïnes préférées dans ma vie sentimentale :

Mes trop rares amantes qui, dans l'empire de l'audace, surent prendre toute leur place. Les femmes lascivement enclines à l'aveu, gourmandes de bestialité et dévotes d'ivresses un peu barbares. Je ne peux aimer vraiment qu'une mercurienne qui, au lit, goûte la transgression radieuse.

Ce que je déteste le plus en amour :

Les demi-solde de l'amour, les p'tits séducteurs spécialisés en adultères de faible calibre. En clair, je vomis les illusionnistes qui escamotent les cœurs sans se donner ni jamais faire tripes communes.

Aimer doit être l'occasion d'oser être qui l'on est, sans négociation ni demi-choix.

Comment j'aimerais mourir :

Dans un dernier orgasme, les yeux dans les yeux… perdu en celle qui est le meilleur de moi.

Que ferais-je pour être toujours un voyage ?

Exister, c'est ne jamais cesser de naître. L'art d'aimer découle de cet honneur.

Se marier, est-ce une action émancipatrice ou l'enfermement maximal ? Le couple est-il une libération ?

Une délivrance, l'unique liberté.

Le grand amour seul fait naître à sa vérité.

Vivre par secousses plus que par engagements est une erreur dizzyesque. La grande vie, c'est le couple. Le mariage cinglé reste la dernière frontière à conquérir.

Ma devise :

« Ne fais pas de magie, deviens la magie. » Je la tiens de la plus improbable des Double-Cœurs, celle que personne n'aurait soupçonné appartenir à cette confrérie : Carla Bruni-Sarkozy elle-même ! Ce qui explique bien des sinuosités de sa vie et la déflagration finale de son mariage. L'ambition sentimentale est donc au cœur de son cœur.

Que pensez-vous du pessimisme masculin qui attend si peu de la durée ?

Je le vomis.

Ces pessimistes au corps empaillé ignorent que le critère qui donne de la valeur à un amour, pour qu'il dure, c'est sa jouabililité.

L'esprit de sérieux, voilà le synonyme du pessimisme amoureux.

L'amour est-il un aveuglement ?

Un surcroît de lucidité.

Seul l'amour fait habiter l'instant.

Quand on a l'honneur d'aimer, on a celui d'exister. Avant, on fait semblant... on mime sa vie.

Je poste ce questionnaire sur ma page Facebook et m'apprête à agir sans délai. Les impétrantes sont prévenues. Je ne badinerai pas avec la passion...

Réactions

Un premier commentaire acide est publié sur ma page Facebook. Il est signé par un jeune client de la librairie, aussi affûté que mordant :

Hey Alex, MDRRRRRRRR ! Descends !

Toujours aussi perché avec tes feux de Bengale ? C'est quoi ton prochain tatouage ? BIGLOV FOR EVER ?

J'le sais qu'on se surprend toujours de nos

encroûtements mais bon... avec une meuf que t'as pécho, faut juste apprécier la balade... Le bonheur, c'est bon pour consommer tout de suite, pas pour emporter. C'est ça ma story à moi avec Sandy. La juxtaposition banale, ça fait partie du menu ! L'amour quantique, j'veux bien à donf en rêve, mais prends un peu de distance... te perche pas trop haut !

À date, on peut pas dire que ta branlette haute fréquence t'ait rendu heureux ! Check ton score, tu restes celib !

T'es tellement qu'une frappe, mec. Déjà une légende !

Ce commentaire d'un style assez contestable tape juste : malgré ma catéchèse proamour-passion, on ne peut pas dire que la carrière de mon cœur soit enluminée de triomphes. Le fiasco affectif est même mon principal résultat. Le bonheur m'a si longtemps fui...

Avant de foncer à nouveau dans la muleta d'une passion, me vient à l'esprit de faire un pas en arrière et de contempler ma déraison. La pilule « *Out of me* » est toujours rangée dans la poche intérieure de ma veste. Je me verse un verre d'eau et... l'avale.

« *Out of me* »

Les effets de cette pilule recommandée par Jean d'Ormesson sont assez rapides.

« *Out of me* » génère tout d'abord une forme de *kaïf* (kif), terme arabe intraduisible désignant la détente voluptueuse que procure le chanvre fumé.

Puis je me trouve aspiré par un vertige.

Et soudain, je respire plus largement en me détachant de mon corps pour le surplomber. L'impression de « hors de soi » tient de l'allégement. On s'expulse de son ego.

Et que vois-je hors de moi, délivré du servage du JE ?

Toute la fraude et la duperie de ma passion pour la passion. Ne sachant pas accepter ma place sur cette terre, je ne la trouve que dans le frisson de l'amour haute fréquence. Comme si, pour moi, ne pas éprouver cette brûlure c'était mourir. Mais est-ce cela aimer une âme ? Quel rapport entre cette injection de vie et le don de son cœur profond ?

« *Out of me* », je regarde soudainement Alexandre Bulle comme un vampire qui suce la vitalité de ses rencontres plutôt que de distribuer de l'aménité. Se voir tel qu'on est reste une expérience à part.

C'est donc lesté de cette nouvelle conscience – comme décharmé de moi-même, presque revenu de ma ferveur égocentrique misérable – que je me dispose à découvrir l'outil de géolocalisation des Double-Cœurs…

Comment imaginer ?

Comment imaginer que je sois sur le point de quitter la mélasse de mon sort pour rencontrer mon Inespérée ? Et respirer l'air léger que je croyais introuvable ?

Comment imaginer que je connaisse autre chose que l'amour blabla, l'amour chromo, mais bien celui, surdosé, qui sauve ?

Comment imaginer que Stendhal prenne à ce point possession de ma vie ? Et que je devienne son débiteur d'imaginaire ?

Comment imaginer que ma très vivante soit sur le point de surgir ?

Comment imaginer que je puisse coïncider avec moi ?

Comment imaginer que le verbe « vivre » soit désormais remplacé par d'autres : *voltiger, s'enthousiasmeràdeux, rirensemble, aimadorer*, que sais-je encore ?

Comment imaginer que je déménage dans un pays qui n'existe que dans le cœur des hommes et des femmes ? Un syncrétisme de rires, de jeu et de profondeur.

Comment imaginer qu'il soit possible de

rencontrer réellement l'impossible ? Un amour fabuleux qui désinfecte de tout chagrin.

Comment imaginer que tout ce que je m'apprête à découvrir déplaise à ce point à Dizzy[1] ? Je l'écris donc pour qu'il ne le lise pas. Il faudra que je lui en donne une version inversée pour qu'il me publie…

En maraude sur happn…

Pressé de rejoindre la peuplade des femmes qui tiennent l'amour en haute estime, je m'établis dans un café de Belleville qui sent le bouchon tiède et la cheminée morte, rue des Pyrénées, puis je file sur happn.

Le patron poitrinaire me surveille de ses yeux d'albumine. Il semble cacher d'énormes digestions dans le pantalon de son survêtement râpé. Son gosier corse est un mégaphone.

---

1. Ne m'a-t-il pas adressé ce long SMS très clair ? « Mon cher Alexandre, n'oubliez pas que *Les Double-Cœurs* est construit sur l'indigente pensée selon laquelle on peut confondre amour et passion… Cette prétention outrée doit vous faire horreur ! Cette ineptie exemplaire doit éveiller en vous des nausées ! Madeleine Lévy est – hélas – sans doute la plus bruyante de nos auteurs du siècle dernier. Préférez le murmure de l'aigreur souriante, la subtilité très distanciée de ceux à qui on ne la fait pas… Ironiser, c'est faire le bien. »

Je vois aussitôt surgir sur mon smartphone les profils des personnes croisées dans ce qu'il est convenu d'appeler la vie réelle. À un moment, nous avons été au même endroit au même instant. Je ne m'en suis pas rendu compte, mais happn – cette officine du rêve accessible – s'en est aperçu pour moi.

Je peux dès lors engager trois actions simples qui, inexorablement, font chavirer dans un compte à rebours. On plonge dans un temps où tout est jeu absorbant et hypnose.

Trois solutions s'offrent à moi :

– *liker* (aimer) cette personne en quête de sublime pour indiquer que je lui marque de l'intérêt, mais que pour l'instant je ne souhaite pas qu'elle le sache. Dès lors, seul happn le sait. Si ce cœur me *like* à son tour, alors happn nous le signifiera à tous deux. À partir de cette seconde, la conversation entre nous devient possible... Le suspense intense démarre donc dès le premier *like* ;

– lui adresser un *Hello*. En ce cas, un message lui est envoyé. J'ai montré mon inclination mais la conversation ne sera réalisable que si elle me *like* en retour. Le creux de l'attente qui aspire le désir commence à se créer ;

– appuyer sur la croix si ce profil ne murmure

rien à mon cœur. Je ne croiserai plus ce minois qui sort de mes radars.

Tous les hasards se rejoignent si je déclenche le décompte des minutes qui me séparent d'un éventuel coup de foudre. Telle est la poésie du système.

Un instant avant on était hors jeu. Dès qu'on clique on ne joue pas, on est le jeu. Notre vie devient un songe de l'enfance où, d'aventure en aventure, on se change en prince ou en princesse disposant d'un pouvoir magique : voir l'invisible. L'odyssée régressive est d'autant plus jouissive que c'est un voyage dans l'espace, dans le temps et dans la hiérarchie sociale. Tous les milieux se fondent, comme sur les bancs de l'école.

Tout de suite, je décide de ne *liker* ou n'envoyer des *hello* qu'aux Double-Cœurs répertoriés sur happn. Ils se font connaître en publiant – parmi leurs neuf photographies de présentation – la carte de Tendre des Double-Cœurs, soit tout dans leur profil (et leur page Facebook) le crie[1]. Être Double-

1. Notamment ceux qui publient sur le mur de leur page Facebook leurs réponses au « Questionnaire de Madeleine »…. Les Double-Cœurs qui désirent être retrouvés sur Facebook laissent de nombreux indices sur leur profil. Sans ces éléments clairs ou sous-entendus, il serait presque impossible

Cœur – officiellement ou non – se voit pour qui sait regarder.

Sur mon écran s'affichent soudain les visages de femmes impensables. Les troupières de l'amour poétique.

Je souris.

Il fait un ciel merveilleux.

En surfant sur happn

Je *like* une Elena malicieuse de trente et un ans, située à moins d'un kilomètre du café *Les Joueurs* où je me tiens. Me *likera*-t-elle en retour pour engager le jeu ? Trop d'yeux verts, trop de bouche rouge, mais ravissante. Son profil est limpide : cette beauté écolo, un peu pirate et amie des plantes, s'interdit de planifier ses journées. Dotée de principes en latex, Elena se présente comme une mécanique perfectionnée pour faire dérailler tout rituel. Inscrite dans plusieurs centres de danses contemporaines, elle a le corps houleux. Cette plante trop vivante échappe au pressoir des habitudes. Tout avachissement lui est étranger.

Le lundi, elle change de compagnon de lit,

---

de les retrouver sur Facebook à partir d'un profil happn.

le mardi de règles alimentaires, le mercredi de religion et le dimanche, elle n'en finit pas de se déchristianiser. Le sexe intense est son voyage favori. A-t-elle pris un chemin rocailleux ? Elle reviendra par une route de lavande. Me détruira-t-elle ?

Je *like* également une arabisante distinguée de trente-quatre ans. Taillée dans le mal-être, elle revendique son affinité avec le monde de Philippe Sollers ainsi que le culte de la lingerie fine. Sally est en promenade au bout de la rue des Pyrénées. Elle doit faire un usage excessif de la nuit, malgré son allure domptée. Des yeux sans cils, rongés de rouge. De sa philosophie, on ne sait pas grand-chose sinon que le débraillé sentimental n'est pas son style. Sally maraude sur happn pour voir si, par un joli hasard, elle ne retrouverait pas son premier amour au coin de la rue. Un garçon rêveur parti en Asie, disparu dans les basses latitudes. La beauté de son attente me signale une âme superbe, une Pénélope aux mots retenus.

Si une femme me lance un *hello,* y répondrai-je pour répondre à son intérêt ? Si cette personne visite mon profil, aurai-je la curiosité d'aller visiter le sien ? Et de pousser plus loin jusqu'à *crusher,* entendez briser le miroir du songe pour entrer dans une autre hypnose, celle de la rencontre autour d'une activité proposée par l'application. Tout cela, happn l'entretient en m'envoyant en temps réel des notifications qui s'affichent en haut de mon smartphone, afin que la griserie ne cesse jamais.

Trois spécimens hors-série

Trois rêveuses – croisées à plusieurs reprises dans Belleville – fixent plus particulièrement mon imagination. Trois authentiques « appels de fiction », au sens où Barthes le dit.

Dans leur vie pullule l'imprévisible.

La douceur est leur réflexe.

On sent ces filles tentées de vivre aux frontières d'elles-mêmes, en pourvoyeuses de libertés mais sans perdre de vue qu'une grande passion se nourrit d'interdits toujours renouvelés.

Toutes pourraient bien capturer mes songes. Comme moi, elles ont fait le deuil d'une vie imparfaite. J'aime leurs mots. Pour elles, les promesses de l'adolescence ne seront jamais épuisées.

La première, Madeleine, se dit plutôt *Héloïse et Abélard,* charnelle et spirituelle dans ses fougues ; la seconde, Natalie, très *Princesse de Clèves,* est rétive aux compromis ; quant à la troisième, Octavie, elle se dit possédée par la grâce vénéneuse des *Liaisons dangereuses*. Toutes trois sont candidates à l'extrême tendresse et envisagent la sensualité comme l'un des beaux-arts. Elles sont de ces régénérantes qu'on ne rencontre que difficilement sans la main invisible de l'IA.

Madeleine

Madeleine m'a laissé un message sur happn : le lien d'une chanson de Trenet (« Tombé du ciel, je suis tombé du ciel »). Vingt-sept ans à peine, comme moi. Cédant à la notification qui m'a alerté, je viens de découvrir son profil : une macédoine de contraires. Cette modeste résiste à toutes les définitions. Une tendre-brutale, douce-violente.

Elle m'emporte aussitôt le cœur, je l'avoue, par son cynisme ingénu, sa pétillante mélancolie et son romantisme très calculé. Je goûte d'emblée la quantité d'intensité qui circule dans son être. Cette rieuse manufacture des mots qui ne sont qu'à elle pour exprimer son idée de la passion :

Tendramoureusement, marivautiser, dilettanter, enfoller, combustionner, tendressiser, drôliser, empassionner, mystérieuser, tropvivre, être une toutàlafois…

Ennemie de la sécurité, cette jeune femme

affirme jouer sa vie à coups de dés. Confiante, elle se livre pieds et poings liés aux caprices du hasard. Le jeu de la vie – que les adultes cessent d'honorer – l'emballe. On comprend que happn l'ait happée.

Et que je le sois par elle.

En un instant, mon cœur vient de trouver son double dans cette Double-Cœurs, championne de la douceur. Je sens qu'une complicité est possible et qu'un accord intime est obligatoire. Gravité légère, tristesse jubilante ou passion pour le tango, tout en elle me séduit. Trois lignes d'elle me harponnent :

« Je souffre du non-vivant de la vie. Depuis ma plus tendre enfance, ça me rend folle. J'ai envie de me consoler de la non-vie avec un fou anormalement vivant. »

Son profil vrai retentit en moi tel un événement majeur ; un profil prodigieusement contradictoire dont la fièvre destitue ma tranquillité ; un profil dont Éros est le premier consultant ; un profil qui m'arrache à moi-même ; un profil qui suscite chez moi un amour instantané ; un profil qui me dote aussitôt d'un désir, peut-être d'un avenir.

Qu'elle se prénomme Madeleine me semble presque trop. A-t-elle emprunté ce pseudonyme de pécheresse pour se rapprocher de Madeleine Lévy ? Je ne le crois pas. L'authenticité est son cachet.

C'est bien de cette magicienne que je vous ai déjà entretenu[1]. Certains êtres ont une signification qui échappe mais que l'on devine majeure, comme si leur secret tenait au secret même de la vie.

Sur son profil happn est indiqué que Madeleine Denon s'est fait tatouer sur l'avant-bras le numéro de déporté à Auschwitz figurant sur la peau de Madeleine Lévy (numéro qui fut à partir du 2 juin 1943 celui de Xander), afin de s'affirmer son héritière[2] et de ne jamais oublier que l'optimisme du lévytisme prend racine dans les brouillards concentrationnaires.

Avec ses dés de nacre logés dans son poudrier rose, la belle Madeleine veut être à sa façon « *toute la carte de Tendre des Double-Cœurs, toute !* ».

Madeleine se consume de vérités. Lors d'un séjour aux îles Marquises, elle fut sévèrement piquée par le moustique Verdadera, porteur d'un palud mortel qui se réveille lorsqu'on sécrète des endorphines liées au mensonge

1. On se souvient qu'elle descend bien du très allègre Vivant Denon...

2. Cette pratique se répand en Israël chez les descendants des déportés survivants ; façon symbolique et puissante de faire perdurer le souvenir de la Shoah sur la peau même des enfants d'Israël ; manière éloquente « d'être mémoire ».

ou à la fraude affective[1]. Toute menterie lui est donc interdite.

Je sais qu'à cause de cette Madeleine, désormais, je dormirai mal de joie. Par la grâce de l'amusement qu'elle me propose, j'aurai bientôt des réveils à pleurer d'ivresse.

Aucun faux-semblant chez cette fiancée du hasard, qui porte le même tatouage que Madeleine Lévy. Madeleine semble être entrée dans notre siècle truqué comme on se trompe de porte. Les mots que distille son profil ont de quoi séduire (« *À coups de dés, j'ose-adore mon destin ivre de douceur* », « *L'année dernière, je n'ai pas dansé cinq jours* », « *Pour me sauver du faux, je ne dis rien à moitié ! Je ne peux pas vivre autrement. Je suis une toutàlafois* »).

Dans son âme, tout semble prendre feu en même temps. D'évidence, nous pourrions être une victoire sans fin, des héros de la tendresse.

Natalie

La deuxième jeune femme repérée sur happn porte un loup ravissant. Loin de diminuer son regard, il en augmente l'intensité.

1. Sans doute est-ce pour cela que Jacques Brel voulut finir sa vie aux Marquises, l'endroit sur le globe où il est presque impossible d'être faux.

Natalie promet la totalité de ses traits à celui qui l'aimera sans la moindre réserve.

Cette chasseresse d'intensité vit dans l'absolu.

Sa nature capte mon désir. Un bloc d'exigence arraché au marbre de la pureté. Vingt-trois ans, folle de valses, experte en tourbillons, fanatique de sensualité. Natalie se place d'emblée dans la perspective de l'assouvissement de tout.

Très *Princesse de Clèves* (trop ?), Natalie est l'entièreté des mots quand les autres n'en sont qu'une partie. Cette fille n'est pas libre, elle est la liberté ; pas belle mais la beauté ; pas courageuse mais le courage ; pas drôle mais l'insolence à l'état d'essence. Animée par une énergie inextinguible, elle se hisse « *à la hauteur d'elle-même* », et clame « *je ne peux être que comme ça, que cette femme-là, intense et de cœur. Comment peut-on être autrement ?* ».

Octavie

Une troisième jeune femme incendie mon imagination. Vingt-cinq ans de plaisirs gobés, indique son profil. Visage en contre-jour, Octavie refuse ses traits et offre sans pudeur sa silhouette de danseuse, dessinée d'un trait flexible. Sa nudité dévoile une superbe santé. Il ne peut y avoir d'orgueil mieux placé en elle. Des seins magistralement modelés et des courbes qui signent une féminité intense. D'emblée je sais que j'ai raté ma vocation : j'aurais dû être l'eau du bain de cette Octavie qui a grandi à Beyrouth.

Son ambition ? Vivre la plus délicate des liaisons. Complice du bonheur, Octavie possède les seins les plus sensibles d'Europe. Elle sait que le quotidien magnifié a sa grâce autant que son mystère et qu'il peut fort bien conduire à l'ineffable. Pour elle, il y a avant tout la joie simple qui sourd des gentillesses, non pas celle que l'on va chercher dans l'orage des passions mais celle, très naturelle, qui naît des heures toujours renouvelées. Multiplier les plaisirs minutieux est son talent. Cette fille est un gisement de bonne humeur.

Mais dans le même temps, elle se dit envoûtée par *Les Liaisons dangereuses* – et c'est dans cet accord détonant que réside l'ambiguïté charmante de son personnage.

Laquelle choisir ?

Madeleine est Madame la Vie, Natalie un morceau d'absolu, Octavie cultive le raffinement magistral. Vingt-sept, vingt-trois, vingt-cinq ans. Aucune des trois n'est médiocrement amoureuse de l'Amour ou tentée par une libido prudente. La suavité est leur pli naturel. L'une vient des féeries de la côte des Maures, l'autre des austérités granitiques du Finistère et la troisième des raffinements fastueux de Beyrouth.

Les trois carburent à la volonté d'illusion.

Elles me font quitter cette vie fastidieuse où, cantonné dans ma librairie, j'existe si peu. Elles me conduisent à la lisière de la fiction. Pour Natalie, Madeleine et Octavie, l'eau tiède à laquelle se résignent tant d'épouses est une fumisterie. Les trois ont le goût du bonheur aérien. Le trio fait un usage récurrent de la pilule « *Out of me* ».

Je les devine d'une dangerosité bienfaisante, rompues à l'esprit de surprise. Sans hésiter, j'envoie un *hello* à Madeleine, Natalie et la belle Octavie – sans imaginer une seule seconde que je m'avance vers trois obstacles. En sortirai-je saccagé ?

Que la fête commence !

Les trois répondent sans délai. Se déclenche alors, avec les trois, ce que happn appelle un *crush*, une ouverture possiblement folle.

Madeleine réplique la première :

Il ne vous reste que 24 h pour vous faufiler

jusqu'à mon cœur, en artiste de la surprise. Et le hisser au comble de la joie. Pas une de plus.

Je cherche encore l'homme qui me fera découvrir toute la carte de Tendre ! À coups de dés. Mon Xander en quelque sorte... et vous vous appelez Alexandre, ce qui est proche. Faut-il y voir un signe ?

Faites danser toutes les molécules de mon être, emportez-moi dans un curriculum aventureux et, surtout, dissipez ma raison.

Puis Octavie apparaît :

Pas question de dribbler le bonheur... commencerons-nous par un petit plaisir ? En entraînant d'autres... Étés trop courts, ne partez pas !

Mais c'est, je le crains, presque impossible...

J'aurais peut-être trouvé ma joie dans la vôtre... mais je rencontre sous peu un homme si réceptif au quotidien que je sais inventer et... n'ai pas de goût pour le papillonnement. Sauf si... Sauf si... Aurons-nous la chance de méditer ensemble ?

Enfin survient un premier message de Natalie :

Bonjour... cher hasard !

Puis :

Seriez-vous capable d'effeuiller, toute une nuit, des pétales de roses sauvages sur votre bien-aimée pour, à l'aube, vous interdire davantage ? Afin que l'excitation atteigne son comble ! Vous ne m'attraperez le cœur qu'en me frustrant… Je ne raffole que de ce qui m'échappe. Et j'aime valser…

Le bonheur est devant moi, à la sauce Musset. Impossible de se médiocriser en face de ces filles qui apportent dans les jeux de séduction les grâces naturelles à leur sexe, c'est-à-dire une cruauté sans défaillance et un goût immodéré du beau.

Premiers pas

J'engage tout d'abord le dialogue avec l'imprévisible Madeleine – celle qui me renvoie dans mon enfance libre et dansante – en lui apprenant que je me trouve à deux pas d'elle, à la terrasse du bar *Les Joueurs*.

Dieu que sa vivacité me plaît. On échange des onomatopées, des lambeaux de phrases et des photographies, des choix de chansons puis des vers, des bouffées d'étoiles. Sa joie semble un emporte-pièce !

Ah, ces photos où, liane sauvage, elle explose de sève… Et puis elle a l'art de faire résonner les mots ! Disposé à sentir aussi fortement que Madeleine, je me tourne donc vers elle, même si répondre à Natalie et Octavie me démange le cœur. Madeleine n'a-t-elle pas indiqué sur son profil avoir lu, relu et médité « *tout le livre de Madeleine Lévy* »[1] ?

Une notification part de mon compte puisque nous sommes tous deux abonnés.

La rencontre se fait plus que nous ne la faisons.

Nous échangeons des propos libres, quelques enthousiasmes à la lisière du convenable, avec allégresse. Comme si nous picorions des fruits. Nos silences mêmes nous parlent de nous. Je sens en elle une zone de vie non entamée, un vide à combler, une absence.

Elle bifurque et évoque le numéro de déporté de Xander Lévy à Auschwitz, celui qu'elle dit avoir reproduit sur sa propre chair. Madeleine m'apprend que quand on l'additionne à celui de Simone Weil on obtient celui de Primo Levi. Elle me semble folle, pétillante, un régal. Soudain, l'évidence : j'aime. Sensation d'avoir rencontré un écho de ma vitalité. S'envole de moi je ne sais quoi qui n'a pas de nom. Nos âmes s'entendent. J'aime cette folle de tout qui ressent tout plus qu'une autre.

Pourquoi elle ?

Invoquer une explication n'a guère de sens. Je ne trouve qu'une vérité : je ne veux et ne peux soudain respirer que l'air vif de cette jeune

1. Nul ne sait comment elle se l'est procuré… D'Ormesson le lui a-t-il fait passer dans son entièreté ?

femme. Je m'enivre d'elle, de son ton. Elle est poète dans la moindre de ses cellules. Nous devinons que l'on se devine et que l'on va... se suradorer ! De quel prix sont alors nos moindres mots, remarques, aperçus, élans ? Tout est envahissement. Notre sang passe plus vite dans nos veines. Saisi de vertige, je me dis « ce serait merveilleux de vivre dans la liberté de notre amour, dans le vertige de notre sensualité. »... mais, très vite, l'un de ses messages me glace aux os.

Madeleine : *Je me marie demain...*, m'écrit-elle sur happn. *Dans les plus belles luminosités. Il est chef opérateur. C'est si important la lumière, vous ne trouvez pas ?*

Moi : *Demain* ?

Madeleine : *À vous de jouer et de donner de l'ampleur à notre destin. Le temps nous est compté...*

Moi : *Sait-il que vous hésitez encore ?*

Madeleine : *Mon fiancé, Antoine, connaît mon goût pour l'aléatoire... et ma religion des coups de dés. Il sait que je suis sans doute ingardable même si je souhaiterais tant l'être ! Pourtant, je ne suis pas bien compliquée... Je désire un chef-d'œuvre, sinon rien.*

Je songe alors que, échangeant pour la première fois, nous semblons nous retrouver.

Madeleine : *Je veux qu'on m'aimadore et désire arpenter avec ma moitié toute la carte des Double-Cœurs ! Un avenir non prédit ! Epicétout.*

Moi : *Il me reste donc...*

Madeleine : *Jusqu'à demain 16 h. Si vous êtes choisi par le destin.*

Moi : *Ou le hasard ?*

Madeleine : *Je danserai tout ma vie le tango avec l'homme magique qui aura deviné mes sept désirs. Antoine n'est pas exactement mon Abélard. Il n'en a trouvé « que six »... ce qui relève de la fumisterie.*

Moi : *Déjà beaucoup !*

Madeleine : *Je veux une vie de plénitude totale et non de manque. Savez-vous qu'Éros est fils de Poros (le plein) et de Pena (le manque) ? Mes dés ont du flair. Ils m'ont suggéré d'aller vers vous, Alexandre.*

Moi : *Sept désirs, vous dites ?*

Madeleine : *Sept manières de remonter les fleuves de la carte de Tendre des Double-Cœurs. Trouvez-les... avant demain, 16 h ? Voulez-vous un premier indice ? Il suffit de décrypter un bouquet de fleurs...*

Moi : *Quel bouquet ?*

Soudain, Madeleine ne répond plus.

Elle m'échappe.

Tout cela est-il vrai ? Cette veille de mariage, son hésitation... Va-t-elle réellement subir demain la lecture si desséchante du Code Napoléon à peine amendé ? Se faufile-t-elle dans une farce destinée à me rendre fou ? Ou ses dés lui ont-ils déjà soufflé un destin ? Dans quelle instabilité Madeleine s'est-elle à nouveau engouffrée ? A-t-elle pris mes réticences avec irritation ?

On est toujours sidéré par le surgissement de la vérité d'une femme. Les gens sont si falsifiés qu'on n'est plus habitué à l'authenticité. Malgré mes doutes légitimes – il y a tant d'illusionnistes sur la Toile –, je sens bien que Madeleine la joueuse ne joue pas.

J'aime que cette inclassable se présente comme une énigme. Le jeu n'est-il pas ce qui prête aux liens leur charge de rêve et leur fondamentale cocasserie ? Peut-on aimer toujours celles qui n'ont pas l'élégance de jouer avec la vie ?

La machine à suivre les autres directions

Un quart d'heure plus tard, tandis que je détaille la carte de Tendre des Double-Cœurs – tout en gardant un œil sur les profils de Natalie et Octavie, au cas où mon cœur m'aurait déterminé trop vite –, Madeleine refait surface.

A-t-elle senti que mon attention pouvait encore se tourner vers une autre ?

Elle me fait livrer par coursier au café *Les Joueurs*[1], où je me tiens, un appareil bizarre :

1. Via une société dont les Double-Cœurs font un usage intensif... Elle possède une offre particulière qui

une « *machine à suivre les autres directions* », indique l'étiquette. Le petit boîtier en bois est cacheté.

La notice est à la fois claire et obscure :

Se servir de cet appareil dernier cri expose à s'engouffrer dans des chemins inattendus et à oser l'impensable. Sa technologie désoriente les habitudes et fracasse les idées fixes qui empaillent.

En faire usage peut vous plonger dans la griserie du recommencement. Toutes « les autres directions » sont désormais à votre portée.

Comment cet appareil high-tech peut-il bien fonctionner ? Intrigué, je décachette la boîte, l'ouvre vite et, stupéfait, découvre trois minuscules dés à jouer – *technologie* suffisante pour introduire de l'aléatoire dans ma façon d'être.

Il suffit de les lancer :

Pair je dis oui, si j'obtiens un triple six je me marie, impair je monte dans le premier avion, etc.

Au même instant, un scooter s'arrête en face du café. On me livre à la terrasse un volumineux bouquet de fleurs blanches.

---

permet de parler sans mots, en envoyant des bouquets. Sur leur site, une offre est réservée aux Double-Cœurs. Chaque bouquet, par sa couleur dominante, ses combinaisons éloquentes et la grammaire de ses nuances, crie ou murmure une attente, une intention. Ses propriétaires sont, eux aussi, *addict* à la prose de Madeleine Lévy.

Liste de ce que les Double-Cœurs demandent aux dés

– Faire courir à son amour fou des risques imprévus. La passion est une trop grande chose pour la vivre en sécurité.
– Vaincre la raison au moins une fois par jour. Les Double-Cœurs laissent chaque jour – au moins une fois – les dés décider à la place de la logique. Grâce aux dés, ils réinjectent de l'improbable dans leur biographie sentimentale.
– Très sensé, le peuple de l'Amour fou décide toujours de se marier – ou non – à coups de dés. Seul le destin peut vouloir un lien éternel.
– Quand ils sont assiégés de soucis, les Double-Cœurs rouvrent le jeu en laissant les dés décider. Pair, c'est oui ; impair, c'est non !

Le bavardage des fleurs

Ahuri par la tournure des événements, je prends dans mes bras le bouquet blanc, sous les yeux étonnés de la tenancière. Ces symboles de pureté, de consolation, d'élégance et de joie me rafraîchissent le cœur. Le bouquet est enserré dans des branches d'acacia et une gerbe de bruyère.

Qu'a voulu me signifier Madeleine ?

Un géranium brisé est agrafé sur le carton où sont griffonnés quelques mots :

C'est moi qui ai suggéré à cette société de livraison une offre éloquente... Devinez mon premier désir qui commence par la lettre P. Un désir qui n'en exclut pas d'autres, vous l'aurez compris. Je désire une passion P... Epicétout !

Madeleine.

PS : répondez-moi vite sur happn... Vite. Demain, tout peut finir.

J'allume mon smartphone et me précipite sur le site du fleuriste. Si Madeleine a contribué à définir l'offre de la société qui vient d'effectuer cette livraison, le sens doit y être sinon expliqué, du moins suggéré.

Un onglet sur leur site détaille les bouquets sélectionnés pour les Double-Cœurs, selon une grammaire savante. La pertinence des commentaires m'aide à saisir que dans ce bouquet se concertent l'amour platonique (l'acacia, signe d'amour spirituel), la robustesse des sentiments (la présence de la bruyère le dit) et l'impossibilité d'établir une pure amitié (la branche de géranium brisée). Madeleine désire donc un amour qui soit exquisément platonique.

C'est alors que je remarque, sur le papier qui enveloppe le bouquet, un dessin représentant l'École des beaux-arts de Paris. Quelques mots me suggèrent une piste :

Y aller, et trouver les deux auteurs qui parlent à ma folie.

Décrypter une femme, c'est déjà l'aimer.

Je lance les trois petits dés : pair j'oublie tout ça, impair je file aux Beaux-Arts.

Vivre enfin à coups de dés

Impair : 3 + 4 + 6, soit 13.

Je me rends rue Bonaparte.

J'inspecte les vestiges noirâtres de la façade d'un hôtel particulier du XVIe siècle, j'interroge le gardien d'une réserve de plâtres qui ressuscite l'Italie flamboyante des Condottieri, scrute partout et, dans le fameux Palais des Études, sous une reproduction en trompe l'œil des appartements du pape Léon X, je finis par tomber... sur une affiche qui propose d'aller saluer deux amants éternels, Héloïse et Abélard[1]. Les Beaux-Arts y clament leur fierté de rendre hommage au plus beau des Arts, celui d'aimer sans trêve.

L'institution vient de faire acheter un reliquaire du XVe siècle contenant un osselet d'Abélard ainsi qu'une phalange et une dent d'Héloïse.

1. Les deux auteurs d'une correspondance mythique du XIIe siècle.

Suivant de longs couloirs décorés, je découvre enfin la boîte d'amarante qui contient le coffret, au milieu d'une pièce désordonnée et déserte – la bibliothèque Lesoufaché.

Inquiet de prendre trop au sérieux toute cette histoire, je relance les trois dés minuscules. Si j'obtiens au moins deux 6, je poursuis, sinon j'abandonne tout.

Les dés s'immobilisent : 6 + 2 + 6.

J'ouvre le coffret. Le velours violet, aussi funéraire qu'épiscopal, n'est guère fané. Étrange sensation d'entrer en contact avec le mythe : cette dent d'une amante, ce fragment d'os d'un amoureux quasi légendifié.

Dans le tiroir inférieur sont disposés un dessin représentant le logis d'Abélard ainsi qu'un cahier autographe sur lequel un dénommé Lenoir[1] détaille l'odyssée des reliques. Y sont

1. À l'aube de l'époque romantique, Alexandre Lenoir, fondateur du délirant musée des Monuments français, voue un véritable culte aux deux amants, archétype de l'amour absolu et fatal. En 1800, il obtient le transfert des cendres d'Héloïse dans l'ex-couvent parisien des Petits-Augustins. Il les place, au côté de celles d'Abélard, dans une chapelle de son « Élysée » – une sorte de panthéon littéraire. Louis XVIII décidera finalement que nos deux amants iront reposer ensemble dans un monument édifié au cimetière du Père-Lachaise. Mais avant de les quitter, Alexandre Lenoir prélève quelques « souvenirs ». C'est ainsi que fut constitué ce coffret en maroquin noir et filets d'or.

ajoutés plusieurs ouvrages que je feuillette, dont la correspondance des deux amoureux mythologisés[1].

Je comprends alors de quelle sorte d'amour Madeleine veut brûler chaque jour.

Je saisis mon smartphone, ouvre l'appli happn et lui écris :

Madeleine,

Vous aspirez à une passion Platonique servie par une correspondance écrite à la main sur du papier à lettres, à l'ancienne.

Héloïse et Abélard nous ont montré ce sentier de mots, au milieu du silence épais de la distance.

L'attente du courrier où se confient les désirs à mots pesés, pourvus d'éternité et chargés de frissons…

Pour toute réponse, Madeleine me renvoie une photographie d'elle en dessous sexy, incandescents au-delà du tolérable, accompagnée d'une citation lapidaire de Woody Allen :

Le sexe n'est sale que quand il est bien fait.

Sa tenue succincte évoque des frissons d'obéissance. D'évidence, son cerveau n'est que son deuxième organe préféré et la douleur sensuelle n'est pas le dernier de ses recours pour approcher la volupté. Madeleine

1. Dans une édition en trois volumes publiée en 1795.

paraît désirer plus qu'un strapontin au grand théâtre des plaisirs. Son équation érotique mérite d'être résolue...

Un deuxième message surgit sur happn :

Trouvez-moi... tout de suite !

Troublé par mon addiction naissante à cette fille, je tâche de m'en défaire en relançant les dés. Pair je l'oublie, impair je persévère.

La réponse tombe : 3 + 4 + 6, soit un 13.

Me voilà obligé de continuer.

Ce 13 me portera-t-il chance ?

À la recherche de Madeleine

Le plan de Paris disponible sur happn m'indique que Madeleine se trouve à moins de deux cent cinquante mètres de moi. happn ne la géolocalise pas avec plus de précision mais m'assure que nous nous trouvons bien à proximité. Ma joie est à portée de main.

Où peut-elle être embusquée ?

Soudé à mon désir, j'échafaude mille hypothèses. En une veille d'épousailles, Madeleine Denon doit être en train de recevoir des soins. Une curieuse qui aspire à briguer chaque parcelle du plaisir ne doit se refuser aucun raffinement.

La gaieté dans le cœur, je cavale en tous sens autour des Beaux-Arts, hasarde un œil chez les coiffeurs, déboule dans les instituts de beauté, examine les boutiques de robes de mariée. En vain. Puis je furète à folle allure dans toutes les échoppes s'accordant à sa nature sensuelle. Son absence occupe tout l'espace. Sur l'appli, un message apparaît : « *Maintenant à moins de 250 mètres de vous.* » Mon cœur danse. Madeleine est-elle en train de finaliser une commande de roses ? Achète-t-elle des caisses de pétales pour sa noce que j'exècre déjà ? Je musarde chez tous les fleuristes – surtout les plus baroques.

C'est alors que ma Madeleine inclassable disparaît de la carte de happn, comme si elle s'était dissoute. Je me sens taché de néant.

Madeleine a disparu

A-t-elle décampé du quartier en douce ? Pour me rendre dingue ? Et sanctuariser notre désir en le rendant inaccessible ? Ou a-t-elle relancé ses dés ? Ou n'existe-t-elle tout simplement pas ? Ou s'amuse-t-elle de moi alors qu'elle se tient dans une autre ville ?

Mon appli happn bugue, vibre, paraît se fractionner en miettes de pixels et... s'évanouit littéralement de mon smartphone. Mon cœur se fige. Nous n'avons pas d'autre possibilité pour nous joindre. Sensation d'être chassé du paradis.

Que faire ?

J'attrape mes dés, les libère. Moins de 10 j'abandonne. Sortent : 5 + 4 + 6. L'amour s'obstine à nous aimer.

Je télécharge à nouveau l'application happn et la rouvre à la hâte. Un message de Madeleine me saute aux yeux :

Je vous attends au café Les Joueurs.

Serai-je réelle, virtuelle ou à déguster ?

Le sang fouetté, heureux je retraverse Paris, me catapulte à Belleville et atterris sur ma base de départ. Mais à la terrasse du bar *Les Joueurs*, Madeleine manque à l'appel. Je cherche l'eau fraîche de son visage. À l'intérieur, dans le boucan de la clientèle, sa silhouette reste introuvable.

Je saisis mon smartphone et, sur happn, la vois surgir en vidéo. Son image fait irruption. De grandes prunelles mouvantes apparaissent sous des paupières battues. Madeleine délivre ses cheveux abondants. Elle s'est filmée dans le vacarme de l'établissement il y a quelques minutes à peine (je le vois à l'horloge du bar) et m'a laissé ce message visuel, qu'elle m'invite à déclencher dès mon arrivée à la terrasse du café *Les Joueurs*.

Dans vingt-quatre heures, me dit-elle, *je serai mariée ou dans vos bras. Pour découvrir quelle femme douce et si sexuelle il me plairait d'être, retrouvez-moi dans une heure exactement...*

Sa voix exprime une disposition rare pour la passion, comme si elle ne craignait pas les dégâts qu'elle occasionne. Elle entrouvre son manteau, me laisse deviner sa tenue étudiée et ajoute :

Je serai sous le pont...

Le son se corrompt. L'image filmée se fissure et s'évanouit à nouveau. Un bug ou un virus semble n'avoir fait qu'une bouchée de mon application. Je reste tétanisé. Quel pont de Paris évoque-t-elle ?

Si je ne trouve pas de solution pour que happn soit immédiatement rétabli sur mon smartphone, tout est fini. La vie n'aura plus qu'à enjamber mon cadavre. Si je perds Madeleine de vue, je suis mort, pilé, éparpillé. C'est avec elle que je veux trouver l'amour qui manque à tout amour. Cette fille a pris le contrôle de ce qu'il me reste de moi. Ah, qu'il est malaisé de se retirer d'un éblouissement qui a déjà la densité d'un lien, et de faire taire en soi le désir d'un désir !

Je n'ai plus envie de recourir aux dés.

J'ouvre aussitôt mon ordinateur portable pour tenter d'accéder à happn et m'aperçois en blêmissant qu'il ne s'allume plus. La machine redémarre enfin mais la plupart des fichiers ont disparu du bureau – y compris celui du livre que vous êtes en train de lire, que j'ai commencé à rédiger[1].

Mon smartphone fonctionne-t-il encore pour un simple appel ?

— Allô, happn ?

Les Arnacœurs

Julie, la responsable produit de happn, m'écoute attentivement et me répond dans un soupir :

— Nous avons ces petits tracas... des actes de piraterie. L'équipe a l'habitude de les repérer, de les neutraliser. Je vérifie et vous rappelle !

Quinze minutes plus tard, Julie est de retour. D'une voix soucieuse, elle m'explique que Madeleine et moi sommes la cible de pirates du cœur, des puristes au drapeau noir qui se font appeler les Arnacœurs. Ils règnent avec hargne dans les coulisses de la Toile, ce Web profond peu accessible au *vulgum pecus*.

1. Ainsi que la version cynique pour Dizzy.

Abasourdi, j'apprends que ces admirateurs dévoyés de Madeleine Lévy, très *geeks*, lancent de temps à autre des *fatwas* sur certains couples afin de les séparer ou de les empêcher de s'accoler. Les Arnacœurs harcèlent les hommes et les femmes qu'ils jugent mal assortis. Leur cible ? Les couples qui, selon eux, devraient rompre de toute urgence pour se tourner vers « la bonne personne ». Après avoir identifié ces « duos mal ajustés », ces pirates sabotent leurs moyens de se rejoindre et lancent des virus qui effacent la mémoire de leur ordinateur. Puis, sans vergogne, ils les attirent vers les filets d'autres profils infiniment attractifs, d'authentiques appâts. Les Arnacœurs connaissent sur le bout des doigts les goûts réels, avoués ou pas, de leurs victimes.

Ils biaisent ensuite l'IA en trompant les algorithmes afin d'éloigner insensiblement leurs souffre-douleur. Dès lors, toute la Toile, Google et consorts, travaille à son insu à disjoindre leurs proies.

Mais le meilleur travail de sape des couples, m'explique Julie, reste accompli artisanalement par les faux profils dont ils font usage afin de détourner les amoureux. Souvent, ils perturbent leur sexualité en leur inoculant de nouveaux fantasmes – pratiques que le partenaire habituel ne saurait assouvir spontanément.

— Ils vont vous séparer… conclut-elle avec gravité. Mon équipe en est sûre. Ils vous connaissent trop bien. Personne ne gagne contre les algorithmes sur la durée. L'amour est si friable.

— Je ne peux rien faire ?

— Méfiez-vous… les Arnacœurs sont rusés. Afin de « faire le ménage », comme ils disent, ils ont créé une myriade de faux profils sur les réseaux, pour attirer et capturer votre cœur. Vous allez être l'objet des assiduités de femmes trop séduisantes… coïncidant parfaitement à vos désirs secrets. Ils ont recours à des Testeurs de fidélité[1] très malins. Soyez prudent !

Je raccroche.

Mon cœur s'arrête : Natalie et Octavie sont-elles de véritables femmes ou des appâts vers

1. Ces chevaliers blancs de la fidélité proposent – pour une somme modique – de tendre des pièges réels ou virtuels aux hommes – principalement – afin de vérifier par l'expérience leur capacité de résistance à la tentation. Qui aime les plaisirs du dehors sera immédiatement enregistré, photographié, répertorié et souvent… dénoncé à une épouse anxieuse, un époux confit de jalousie ou un Arnacœur fureteur qui fera un usage diabolique de cette information. Les Testeurs de fidélité sont généralement équipés de téléphones portables qui agissent comme des micros ouverts lorsqu'ils sont en mission. Ils sont devenus la hantise de l'Europe galante. Nous ne nous attarderons pas sur le nuancier de leur ignominie.

lesquels les algorithmes me dirigent pour me détourner de Madeleine ? Mais pourquoi diable les Arnacœurs désirent-ils se mettre en travers de notre union ? Alors même qu'elle reste improbable... D'ailleurs, Madeleine existe-t-elle ?

Tout à mon désir qu'elle ne soit pas un *fake*, je télécharge à nouveau l'application happn sur mon smartphone – le temps presse – et décide de protéger le texte que vous lisez en le poursuivant à la plume. Heureusement, j'avais pris soin d'imprimer la première partie[1] ; il me suffira de la recopier.

Rien de tel qu'un bon vieux stylo à pompe pour résister à leur rage effaçeuse ! Et puis, peut-on écrire certaines choses autrement qu'en jetant avec sensualité des mots sur du papier ?

Comment imaginer que le mot stylo-plume deviendrait un jour synonyme de Résistance[2] ?

1. Ainsi que la première partie cyniquisée destinée à Dizzy et aux éditions des Saints-Pères.

2. Il est à noter que les résistants aux filets de l'Intelligence artificielle sont nombreux désormais à revenir au stylo qui ne laisse pas d'autre trace que l'encre qui coule sur le papier pour écrire les choses essentielles... Bien des Double-Cœurs y reviennent en ce moment.

Aussitôt, je fais l'objet d'une attaque de séduction de... Sophie Marceau en personne. Ses extases d'esthète, ses chouchouteries féminines et son charme d'icône incarnant LA séductrice française m'allument.

Je ne l'imaginais pas aussi franche dans l'ordre du libertinage direct et de l'art de vivre sans s'encombrer de préalables. J'ai soudain affaire à un bulldozer délicat, une sirène charmant Ulysse en dosant avec virtuosité tendresse et propositions vertes.

Hélas, n'est-ce pas un *fake*, l'un de ces pièges excitants chers aux Arnacœurs ? Mais comment diable auraient-ils pu réagir si promptement ?

L'envie que ce soit bien elle l'emporte cependant. Jamais je n'aurais envisagé pareille rencontre sur happn... Sur la carte de l'appli, je découvre avec sidération les endroits où les chemins de Sophie Marceau ont croisé les miens. Nous venons tout juste de nous frôler au bord d'un square. S'y trouve-t-elle encore ? Comment savoir ? Peut-être était-elle en voiture et est-elle déjà loin.

Tout ce qu'elle me murmure, je le désire ; tout ce qu'elle envisage, j'en ai rêvé ; tout ce qu'elle imagine, je l'ai voulu. Pas une de ses aspirations qui ne colle avec les miennes ;

jusqu'à une curiosité charmante pour certaines barbaries légères. C'est alors que l'évidence me saute aux yeux. Il s'agit bien d'un *fake*. Ce n'est pas Sophie Marceau qui m'entreprend et me chahute ! C'est un « profil-miroir » construit pour refléter mes attentes, un ventriloque numérique.

Je bloque ce profil trop attrayant et reprends ma quête obstinée.

Les dessous de Madeleine

La vidéo laissée sur happn dans le bar *Les Joueurs* me conduit sous le pont Alexandre-III, sur le quai. Un autre message filmé m'y attend, préparé par elle.

J'y accède après que Madeleine m'a laissé une énigme à résoudre sous forme de rébus. Le jeu est son langage.

J'irais au bout du monde avec des jambes de vingt ans pour qu'elle me calme d'un baiser.

Madeleine, en chair plus qu'en os, surgit sur le rectangle de mon smartphone. Aucune décence ne s'interpose entre cette spinoziste inattendue et sa sensualité qui répugne aux clichés. Elle se trouve toujours dans la même tenue succincte, à genoux sur un lit :

Sauras-tu me trouver en fonction de l'angle de prise de vue ? Cette image a été prise au téléobjectif à environ trois cents mètres de moi... depuis le haut des escaliers du pont.

La carte de happn me confirme que Madeleine est bien dans les environs. Nous venons de voltiger l'un autour de l'autre. Mon cœur fou accélère sa cadence. Soudain je sais que la joie est la matière la plus abondante dans ce monde.

En remontant les escaliers qui mènent au quai, je détaille le contenu de la vidéo, les objets du décor, l'angle sous lequel est filmée la silhouette de Madeleine, ce qu'on aperçoit par les fenêtres de sa chambre...

Sur happn, Madeleine précise :

Mais ne me rejoins pas avant d'avoir compris mon secret : comment je veux être aimée charnellement ! Jusqu'à en devenir folle.

Je quitte alors mes raisonnements de balisticien et fouille l'image pour déceler la signification de sa tenue. Dans un coin, la marque de ses dessous apparaît sur un sac, je la note.

Avec mon smartphone, je file sur le site de la boutique et découvre avec grand étonnement qu'il réserve une sélection spéciale pour les Double-Cœurs. Comment la communauté des cœurs inspirés par Madeleine Lévy a-t-elle pu peser assez pour que les grandes marques réservent un espace aux amoureuses de haute volée ?

Je fouille le site et tombe sur la parure que

porte Madeleine. Le nom de la collection ? *Oxymore.*

Sous l'onglet « inspiration » est indiqué :

« Notre marque a rêvé cette ligne *Double-Cœur* – à shopper d'urgence – suggestive et complice qui interprète tous les vertiges pour les femmes qui savent que l'incohérence est le plein exercice de la liberté. Celles dont la sensualité est plurielle, aventureuse.

Oxymore célèbre le puzzle de vos désirs.

L'idée qui a inspiré ce choix de parures est de ne plus se verrouiller dans une féminité limitée quand on se sait, ou se devine, un "oxymore de chair et de songes" : frivole-profonde, sage-folle, sauvage-satinée, indomptable-soumise, douce-rapide, enfermante-libératrice, soleil-ombreuse, calme-inventive, inhibée-sauvage... »

La collection *Oxymore* est l'antipode exact des rabâchages sexy. Ces œuvres légères invitent les femmes à devenir tout ce qu'elles peuvent être. Soyez des toutàlafois ! Elles confirment que les ressources en démence érotique et en poésie charnelle ne seront jamais taries.

Je retourne sur happn et réponds à Madeleine :

J'aimerai toutes les Madeleine... sans exception. L'amour n'est pas une respiration d'appoint mais bien la seule respiration.

Il me plaît que vous soyez une femme-question, de celles qui exigent plusieurs réponses. Et que vous ne vouliez pas d'une vie monovalente, monochrome, monojoie !

En aimadorant un oxymore de chair, n'en devient-on pas un ?

Aussitôt, elle me rétorque :

Toutes les Madeleine qui me constituent vous attendent pour naviguer dans l'Improbable ! Pour vous, je n'aurai rien de tamisé.

Epicétout !

Recherche Madeleine désespérément

Je descends les escaliers en courant et m'engouffre dans la péniche-bar amarrée à quai. Elle seule correspond à l'angle des photos prises au téléobjectif.

Y a-t-il une chambre d'hôte sur ce navire fluvial, un lit où donner rendez-vous à l'absolu ? Un salon privé où nous cramponner l'un à l'autre ?

Vais-je tomber sur une folle, une amatrice d'aveux, une dispensatrice d'hystérie ou une baiseuse affairée de perfection, férue de douceur ?

Ou Madeleine a-t-elle encore relancé ses dés ?

Dans le bar presque désert, elle n'est pas là.

Tout s'éboule. Je fléchis. Pour concurrencer le martyr, rien de mieux que l'homme à qui on fait faux bond. Mes nerfs se tendent.

Sur happn, Madeleine me joint.

Cinq petits mots me soulagent :

Descendez vite au sous-sol !

Je fonce sous le niveau de la Seine, dans un fond de cale luxueux où son image m'apparaît en vidéo sur la géométrie de mon smartphone.

Cette fille m'épuise le cœur. Et Dieu que j'aime ça !

Comment pourrait-il battre au ralenti ? Je ne sais jamais à quoi m'attendre. Est-elle réellement présente lorsqu'elle prétend m'attendre ? Mais n'est-ce pas ce que j'espère d'une grande vie ?

L'image de Madeleine me chuchote :

J'ai hésité à venir en personne… Mes dés en ont décidé autrement. En amour, il me faut les outils que chaque couple devrait inventer.

Premier indice : l'Académie française n'est pas étrangère à ce que je veux…

Deuxième indice : il y a dans cette pièce, tout au fond de ce bateau, un parallélépipède qui devrait vous mettre sur la bonne piste.

Troisième indice : l'homme que je vais peut-être épouser demain n'a jamais su répondre à ce désir – capital pour moi. S'il avait su ou pu me satisfaire, sans doute ne serais-je pas là aujourd'hui à vous parler…

Quand vous aurez résolu cette énigme, venez me faire l'amour dans la plus jolie bibliothèque de Paris.

La silhouette de Madeleine disparaît de mon smartphone. Ai-je jamais été aussi captivé que par cette illusion qui m'échappe sans cesse ?

Une femme ne s'escampette jamais assez !

Ah, les Double-Cœurs maîtrisent cet art : s'offrir sans jamais se donner, combler tout en laissant sur sa faim. La véritable satiété est d'avoir toujours faim.

Je retourne fouiller sur son profil happn. Elle y fait mention d'un commentaire laissé sur la page Facebook des Double-Cœurs, où elle donne son avis sur la carte de Tendre dessinée par Madeleine Lévy.

Retour sur la page Facebook des Double-Cœurs

Je retourne à ladite page et, dans le fouillis du babil des Double-Cœurs qui s'étale sur le mur, brûle deux bonnes heures pour retrouver ce commentaire :

Remonter le fleuve Vérité en duo suppose d'avoir des mots neufs, éclatants de justesse. Des mots qui désignifient les sens vétustes. Des mots qui injectent de l'énergie nouvelle dans l'aveu de soi.

Tous les couples devraient réinventer la langue française puisque tout grand amour est un langage...

Amants, heureux amants, déconstruisez le lexique, refusez la fixité... enfantez ensemble l'idiome de votre intimité !

Dans la foulée, je découvre la page Facebook ouverte de Madeleine – à laquelle son commentaire me donne accès. Un gisement d'informations, plus détaillées que celles disponibles sur le profil de happn – où il n'est pas fait pas mention de son métier.

La page Facebook de Madeleine

Découvrir celle que l'on désire est peut-être la plus grande jouissance. Même si ce que l'on sait de quelqu'un nous cache toujours un peu cette personne.

Madeleine Denon est éditrice de livres jeunesse – d'où son goût pour les mots. Elle est donc vivifiée, et sans cesse réinventée, par ce monde où l'inventivité est reine, et où jouer reste synonyme de respirer. Les éditeurs vieillesse sont légion à tenir l'esprit de sérieux pour un symptôme d'honorabilité ; chez les éditeurs jeunesse, ce serait plutôt une tare.

J'apprends également sur cette page que cette forcenée a déjà assimilé douze parlers indiens – le farsi, le gujarati, l'hindoustani, le mahrati, etc. – puis elle s'est jetée sur le persan, le pachtou, le télougou, le sindi, l'arabe du golfe Arabique et le pendjabi. Elle a même pris des leçons d'un charmeur de serpents. Madeleine héberge même des singes afin de tenter de déchiffrer le mystère de leur langage. Sa meilleure amie est une minuscule guenon dénommée Tara, à qui elle a fait percer les oreilles pour qu'elle porte ses bijoux.

Sur sa page, Madeleine publie un nombre impressionnant de « listes de désirs ». Toutes m'électrisent. J'aime qu'elle tente de mettre de l'ordre, en vain, dans le fleuve en crue de ses envies. L'une de ces listes – d'une longueur extravagante – est constituée de dictionnaires qu'elle voudrait s'acheter ou qu'un galant lui offre.

Je pose mon smartphone et devine alors le lien entre l'Académie française et un parallélépipède : le dictionnaire !

Il y en a bien un posé sur une étagère.

J'y trouve, glissée entre ses pages, une liste des ambivalences de Madeleine – sous l'apparence d'une longue phrase. Pourquoi notre langue, si désespérément claire, n'a-t-elle sécrété aucun terme pour désigner les contradictions fécondes et belles dont nous sommes tissés ?

Je suis triste et heureuse à la fois, nostalgique

et optimiste, fantasquement classique, très fidèle et hélas trop infidèle, passionnée par ma mère que j'exècre, orgiaque dans ma retenue, sensuelle et éthérée comme Héloïse et Abélard, généreuse et si glacée de me donner, rêveuse et follement attentive, illisible parfois quand je cherche à me comprendre, sereine et intranquille, barbare et civilisée, folle de soumission et de liberté non négociable.

Quel homme m'aidera à inventer le lexique de ma vérité ?

Dieu ! que le monde m'est léger avec cette Tropvivante qui rêve elle aussi de créer un langage amoureux qui nous soit propre, des mots vierges et inédits ! J'ai toujours mal supporté qu'une fille m'adresse des paroles d'amour déjà usées à force d'avoir été murmurées.

Je rouvre happn et, tremblotant, lui écris aussitôt, dans un élan de fièvre paludéenne :

Chères Madeleine(s),

je vous aime-déteste déjà assez pour vous promettre-en-doutant que je serai celui qui aura assez d'amour-passion pour écrire-oser avec vous le dictionnaire de notre sage-folie. Un dictionnaire rieur-triste, se riant lui-même et aussi changeant que nos saisons du cœur, peu établi donc puisqu'il aura pour objet de n'emprisonner aucun mot dans un sens unique. Une sorte de décalque de notre folie douce !

L'amour qui jaillira de nous, Madeleine, sera toujours changeant-permanent, divers-stable. Et si la définition de notre passion était de ne pas avoir de définition ?

Nous changerons de mots chaque soir afin de ne les émousser jamais.

Et pour faire bonne mesure, j'ajouterai à notre vocabulaire des « mots inconnus[1] *» qui donneront forme à nos sentiments à venir.*

Et Madeleine de me rétorquer :

J'ai besoin que vous m'aimiez ; toutes les preuves m'en sont nécessaires.

Moi : *Où êtes-vous ? Dans quelle bibliothèque ?*

Madeleine : *Le saviez-vous ? La plus sexy des bibliothèques de Paris se trouve… sous la coupole de l'Académie française. Là, chaque académicien, depuis Richelieu, vient déposer un exemplaire relié du livre d'amour qui a étonné son cœur*[2]*. C'est*

1. On en trouvera une liste un peu plus loin. Ce sont des mots phares et non des mots descriptifs, des mots qui indiquent des chemins.

2. C'est l'un des secrets les mieux gardés de l'Académie française. Ce coquin de Richelieu, qui raffolait des jupons de cour et des bergères audacieuses, avait ordonné la création de cette « Bibliothèque rose » gardée secrète, juste sous la coupole. On y accède par une porte dérobée, cachée derrière une bibliothèque qui pivote sur elle-même. Le mécanisme grinçant est d'époque. On dit que Jean d'Ormesson fut le premier Académicien à y déposer un livre écrit… par lui-même : *Mon dernier rêve sera pour vous*, une biographie amoureuse de Chateaubriand où il est autant question, entre les lignes, de lui-même que de l'auteur

dans ce lieu capitonné, où règne le clair-obscur, que bat en secret le cœur littéraire de la France. J'y serai quasi nue dans une heure, les yeux bandés.

Moi : *Comment y entre-t-on ?*

Madeleine : *À vous de jouer, mon cher Alexandre…*

Dictionnaire de notre sage-folie (extraits)

Sans délai, je me mets à composer à la hâte le dictionnaire de notre amour à venir. Il aura pour objet de n'emprisonner aucun mot dans un sens unique. La définition de notre passion doit être de n'en pas avoir, ce qui suppose de créer un lexique mobile.

Éhontément, je choisis de recycler des mots de Madeleine tant son langage tonique a déjà déteint sur le mien. Et puis, il me plaît d'entrer sans retenue dans son lexique (qu'elle tient pour du françaisclassique).

En premier lieu, je choisis de remplacer le verbe *vivre* par d'autres, plus efficaces pour

des *Mémoires d'outre-tombe*, peu loquace sur sa carrière sentimentale. N'y accèdent que les Académiciens et le président de la République. L'indiscrétion concernant d'Ormesson fut rapportée… par lui-même. La liste des sept cent dix-neuf ouvrages de la « Bibliothèque rose » – qui s'augmente d'un livre à chaque élection – est tenue secrète. Mais on murmure que Marguerite Yourcenar…

traduire l'intranquillité heureuse du Double-Cœur que j'aspire à devenir pour ses yeux :

– **Riraimer** : s'aimer doit être synonyme d'amusements partagés en complices et du refus de laisser entrer dans le cercle du couple *l'esprit de sérieux*, cette gangrène.
– **S'incendier** : se mettre le cœur dans une disposition d'incendie chronique.
– **Aimadorer** : aimer et adorer à la fois sur un mode empanaché, n'est-ce pas un minimum pour aimer Madeleine ? Au diable les sentiments comprimés qui nous désobligent ! On aimadore mieux en méditant à deux en présence d'arbres.
– **Tartiner** : se nourrir de tartines, au lit de préférence. Les plats en sauce appellent des positions sérieuses, la tartine de légumes grillés est l'amie des galipettes.
– **Voltiger** : vivre en s'accordant le droit de défier les fatalités.
– **S'enthousiasmeràdeux** : évacuer du périmètre de notre intimité les amateurs de tempérance, les équeute-passion, les décharmeurs professionnels. Virer les déjà morts ! Ceux qui hésitent trop à vivre, les hésiteux.
– **Discréter** : devenir ensemble des adeptes maladifs de la discrétion pour que notre amour s'épanouisse à l'ombre du mystère.
– **Obstacler** : mettre une distance pénible

entre nous deux pour aviver le désir. On n'obstacle jamais assez un grand amour.

– **Se multiplier** : s'octroyer le droit d'être plusieurs versions de soi-même, en visitant en couple tous les compartiments de son être. Cette levée d'écrou des âmes verrouillées dans des rôles est, paraît-il, excellente pour la santé.

– **Bailar** : ces six lettres signifient *danser* en castillan. Pour tout Double-Cœur, on ne danse pas seulement les jours exceptionnels, la vie se doit d'être danse. Nous swinguerons le matin, sambatiserons à midi par goût et souperons en nous déhanchant ! Supprimer ou amoindrir la joie du corps est une étrangeté sinistre, une forme d'empaillement de l'âme.

– **Marivautiser** : remettre de la légèreté dans l'art de fuir l'autre pour se faire rattraper, saupoudrer une grâce irrésistible dans son dialogue afin de dire *non* pour être contredit ; et puis, quand on marivautise, on refuse un baiser de façon si charmante qu'on en obtient cent.

– **Dilettanter** : rompre ensemble avec tout esprit de sérieux dès lors qu'il est question de sujets fondamentaux. Dilettanter licenciera nos tracas.

– **Bonheuriser** : transformer les journées trop placides en mousquetades allègres, cesser à deux de s'encaserner dans des habitudes sans jus et, bien entendu, ouvrir à tout-va les vannes de notre libido.

– **Enfoller** : quitter en tandem les cryptes de la raison pour s'ébaubir au soleil de sa fantaisie. Devenons sans délai les hérétiques du cartésianisme !
– **Combustionner** : enluminer notre vie d'une éruption érotique permanente. Quiconque ne combustionne pas, faillit à son honneur.
– **Tendressiser** : manière de ne pas dévoyer notre passion en rituels secs. Il s'agit d'injecter chroniquement de l'hyperdouceur – caresseries, gratouillis, frôleries démentes, griffures tentantes – dans les liens de nos cœurs.
– **Drôliser** : essentiel pour ne pas draper ses sentiments ! Drôliser guérit de la sériosité – maladie létale qui grignote toute passion !
– **Abélariser** : pratiquer l'art de la correspondance intensive, soit par lettres soit par messageries électroniques ; en ce cas, la fréquence des échanges ne saurait être inférieure à un message intense par demi-heure – jamais chiche en poésie et toujours démentiel de tendresse !
– **Folâtriser** : caboter dans l'océan de la futilité est salutaire pour toute passion. Le non-folâtre est une plaie pour tout Double-Cœur motivé. On ne dira jamais assez combien il est nécessaire d'être un tantinet ridicule pour atteindre à la grandeur des sentiments.
– **Chanciser :** quand la chance a du retard à l'allumage pour illuminer la vie à deux, la

provoquer de concert de toutes les manières concevables. Sous la défroque du manque de bol affleure toujours le costume du grand chanceux – si on sait le tailler avec jubilation.
– **Mystérieuser :** je suis hostile à la transparence. Ne pas trop en savoir sur l'autre reste la seule manière de vouloir en savoir davantage.
– **Tropvivre** : puisque l'Histoire ne sort plus de son lit, sortons du nôtre pour tropvivre avec ivresse ! L'audace sans préméditation est la sœur jumelle du bonheur. Tropvivre, c'est vivre juste assez !

Les oxymores nous donneront accès à des sentiments ambivalents donc réels :
– **Aimedétester** : souvent, j'aime autant que je déteste. Je dénie donc à la langue française le droit de nous interdire des ambivalences fécondes, sous prétexte qu'elle est obsédée par la folie de la clarté.
– **S'aveuglervoir** : dès que je vois Madeleine je m'aveugle, dès que je m'aveugle en l'aimant je la devine avec justesse. Aimer reste un aveuglement de voyant.
– **Être soumislibre** : consentir avec elle à la soumission amoureuse illimitée pour libérer ses fantasmes (nombreux). Ou, à l'inverse, la sauver de sa pudeur en la soumettant à ses folies. Ces cavales aux confins de la haute

liberté sont le carburant des vraies fêtes sensuelles qui nous attendent.
– **Se méfiaimer** : frémir d'amour et de crainte d'aimer trop, jouir-redouter tant est forte l'appréhension de voir une passion tourner court.
– **Aimerdésaimer** : alternance propre aux passions qui se réinventent chaque soir. On se désaimera souvent pour mieux s'aimer autrement.

Quelques mots qui nous manquaient :
– **Simplaimer** : simplifier les situations, les prendre avec désinvolture.
– **Devinetter** : comprendre instinctivement l'autre, sans que Madeleine ait jamais besoin de s'expliquer.
– **Tendramoureusement** : l'amour est toujours sous-dosé en tendresse. Il se dessèche de non-caresses. Je n'aimerai Madeleine que tendramoureusement.
– **Folaimer** : aimer en désobéissant aux contingences difficiles.
– **Les Pasfous** : ces gens-là ne fredonnent pas leur vie. Ils vivotent en refusant d'aimer au débotté – le même partenaire. Chez eux, l'amour est chose sérieuse, calibrée. Ils sont les noces de la prudence et de l'ennui. Ce sont nos adversaires !
– **Se décalcifier** : cesser d'encager sa libido, se signer des chèques en blanc érotiques du

matin jusqu'au soir ! Le bonheur de baiser à l'emporte-pièce Madeleine doit être un minimum ! Ne nous enténébrons plus de principes, de préalables ou de pudeur !
– **Tropvivante** : définition de Madeleine !
– **Lirensemble** : Everest du plaisir de la lecture !

Calmement, je relis cette esquisse et me prends à douter de ma capacité à faire vivre réellement des mots aussi exigeants. N'est-ce pas un mirage ? Si je la séduis, ne vais-je pas m'apercevoir de mon incompétence réelle ?

Pour la première fois, j'en viens à espérer ne pas trouver Madeleine. Qu'adviendra-t-il de moi si je m'éprends trop d'elle ? De quel esclavage heureux serai-je captif ? N'est-il pas encore temps d'éviter d'être aspiré par ce toboggan d'illusions ? Et puis, ai-je mérité de vivre dans les tourments de l'âme, même s'ils sont délicieux ?

L'Académie française

Devant la coupole de l'Académie en bordure de Seine, je maudis le destin de ne plus disposer d'une pilule « *Out of me* ». Cette rencontre avec Madeleine me fait l'effet d'un gouffre. Étrangement, je me trouve disposé à ne pas vouloir ce que je veux.

Le goût de la perfection qui anime Madeleine semble culminer dans un érotisme qui pourrait bien me sur-combler, mais au prix de quelle soumission ? Si je fais un pas, notre histoire ne peut que dévaler dans la transe. Je devine déjà les morsures à venir qu'elle pourrait multiplier.

Et puis, le malheur d'exister insuffisamment est-il soluble dans l'amour sublime ? N'est-ce pas un délire pur ? Le pénétrant Dizzy n'a-t-il pas raison ?

Mais l'évidence crie : Madeleine est bien le manque qui me manquait, l'imagination qui faisait défaut à mon imagination. Notre connexion tient de la féerie. Et si l'amour c'était cela, rien que ça : une joie supérieure, ce moment dingue où l'on coïncide enfin avec soi ? Ce qui n'interdit pas un peu d'adresse et de reculade…

Une idée me bouscule alors.

Naît en moi le projet à la fois tactique, malicieux et sincère de diminuer l'émotion que notre jeu a fait naître. S'y mêle aussi l'envie de reprendre le contrôle de mon cœur.

Que faire ?

Relancer les dés, pardi !

Pair l'amour, impair l'amitié.

Les dés s'arrêtent.

Et l'amitié ?

Je m'adresse aussitôt à Madeleine via happn :

Tendre Madeleine,

Plutôt que de vous rejoindre et d'enclencher les fatalités que nous devinons tous deux, j'ai soudain eu une idée devant l'Académie.

Pourquoi ne pas continuer notre relation en demeurant sur le pied d'une amitié fraternelle ? Tâchons de nous voir en ayant pour but d'assécher nos élans.

Dansons plus calmement.

Nous pourrions ainsi nous fréquenter plus paisiblement et ignorer ensemble l'existence du monde tragique de la passion.

Je ne renie pas que je vous aime un peu ; mais rien ne serait changé pour ce qui vous regarde puisque ce n'est pas votre cas. Si vous m'étiez attachée avec feu, vous mettriez un terme à ce projet de mariage au lieu de le perpétrer dès demain.

Ne soyons pas comme tous ces hommes et femmes qui, réduits à leurs préjugés, se croient obligés de coucher ensemble, alors que les douceurs d'une amitié folle s'offraient à eux !

La réponse de Madeleine

Émue par cette rebuffade, Madeleine m'adresse tout d'abord des vers de Pablo Neruda :

Il meurt lentement, celui qui ne prend pas de risques pour réaliser ses rêves.

Vis maintenant ! Risque-toi ! Agis tout de suite ! Ne te laisse pas mourir lentement !

Puis elle m'envoie non de simples mots mais une succession de titres de chansons vibrantes de Barbara. Mises bout à bout, elles forment une longue phrase où le cœur vibre. Cet amusement en forme de collage est bien celui d'une Double-Cœur[1] :

Il n'y a pas d'amour heureux,
Dis, quand reviendras-tu ?
Je ne sais pas…
Attendons que ma joie revienne
Le Bel Âge
(ou) *Une petite cantate*
Nous attend
Gare de Lyon
Chapeau bas
Si tu me trouves
(peut-être que) *Ma plus belle histoire d'amour, c'est vous*

---

1. J'ai remarqué que nombre de Double-Cœurs imitent cette façon de communiquer si familière à Madeleine.

(ou) *Le Soleil noir*
(d') *Une longue amitié*
Je te le dis
Du bout des lèvres
Gare de Lyon (!!)
Je serai douce
C'est (pas) *trop tard*
Emmène-moi

Je lui réponds aussitôt en lui expédiant le lien d'un tube de Queen, *Friends will be friends,* que j'accompagne de quelques-unes de ses paroles :

« It's not easy love, but you got friends you can trust. »

(« Pas facile l'amour, mais tu as des potes sur qui compter. »)

Sur ma lancée, je lui suggère d'imaginer ensemble – gare de Lyon ou ailleurs – une sorte de sas de décompression afin d'atténuer notre lien et de le ramener dans l'enclos plus sage d'une amitié de qualité. Nous devons fignoler une scène suffisamment rêche pour calmer nos ardeurs.

Contre toute attente, Madeleine fait volte-face. Elle oblique et me suit dans ma folie. A-t-elle, elle aussi, relancé ses dés à jouer ?

Pourquoi pas ? me dit-elle.

Ne regrettons pas d'avoir vécu davantage en

nous donnant plus. Essayons de mettre de la profondeur dans chaque minute partagée.

Et puis vous avez bien raison, la passion est si souvent un leurre. Offrons-nous, si nous y parvenons, les délices durables d'une complicité lavée de toute ambiguïté.

Voyons-nous pour cela. Mais comment faire pour tirer d'un entretien le projet d'une amitié paisible ?

Me manœuvre-t-elle ?

Il doit certainement y avoir derrière sa conduite quelques lancers de dés.

Quel parti prendre ?

Rendez-vous est pris pour le lendemain, gare de Lyon. Notre intention commune est bien de diminuer, par paliers, l'intensité de nos émois. J'ai quelques idées de mise en scène pour décélérer nos sensations et nous guérir du manque qui, déjà, nous mord le cœur…

Mais quel parti prendre désormais ?

Jouer franchement le jeu ? Ou respirer un peu d'air frais en me tournant vers Natalie ou Octavie afin de desserrer l'étau que Madeleine, l'air de rien, est en train de refermer sur moi ?

Je viens de recevoir, via happn, des messages

de relances qui, pour légers qu'ils soient, rallument mon intérêt pour les deux autres...

Est-ce mal ? Un peu de diversion ne peut me nuire. Si ces deux filles-là ne sont pas des profils factices ventriloqués par des Arnacœurs ou des Testeurs de fidélité... Le monde numérique, c'est le retour de la Venise masquée du XVIIIe siècle, qui charria toutes les illusions et les nomadismes affectifs. Sait-on jamais de qui l'on s'éprend sur la Toile ?

Prudent, je ne réponds ni à Octavie ni à Natalie.

Le fleuve Vérité

En reprenant mes fonctions à la Librairie de Paris, je garde l'œil rivé sur mon smartphone. Depuis que les Double-Cœurs s'ébrouent autour de moi, je n'ai plus le cœur en paix.

Mais je me sens bien coupable de rester ouvert à ces trois femmes, même sur le ton de l'amitié stricte, au lieu de clore toutes relations avec Octavie et Natalie. Mon goût pour la transparence en souffre. La vérité est que ces trois savoureuses incarnent trois faces de la féminité qui me mettent l'âme en effervescence ; trois danses avec la vie (tango, valse, salsa) ; trois aspirations dont je ne parviens pas à faire le deuil. Une seule fille saura-t-elle me les offrir ?

Offensive de ton, Octavie me relance la première dans une prose souple et sensuelle qui m'intrigue autant que son visage qu'elle cache en exhibant son corps :

« *Remonter avec vous le fleuve du Silence me tente, et vous donc ? Envie de quitter à deux la parole mensongère, d'entendre votre cœur et non votre pensée, Alexandre, et que vous me scrutiez... pour voir loin en moi, très au-delà de ce que je crois savoir de moi.*

Offrons-nous un moment de silence, soyons poreux l'un à l'autre, sans palabre ni parasite. Mais quand ? »

Octavie approfondit son idée : on ne s'ajoint à un autre que soi que par le silence, loin des chausse-trappes de la parlotte. Il est vrai qu'une femme, c'est ce qu'il y a de plus loin d'un homme. Se taire reste la meilleure voie pour se faire entendre.

Dois-je la suivre ?

Les dés tranchent.

Un triple 3, hautement improbable, m'ordonne de lui adresser trois mots :

« *Où ? Quand ? Comment ?* »

Pourquoi ai-je écrit cela ? Pourquoi ai-je obéi aux dés ? Au lieu de me réserver avec prudence ; car enfin, il n'est pas moins dangereux de m'éprendre d'Octavie que de Madeleine !

Octavie a tout ce qu'il faut pour établir sur moi une suzeraineté sans faille.

Paniqué, je me reprends et lui fais la même proposition qu'à Madeleine : ne devrions-nous pas calmer le jeu des sentiments volatils et nous replier vers une amitié galante, certes, mais sans excès ?

Octavie m'adresse un rébus composé de cinq photographies animées en noir et blanc (d'émouvants GIFs) d'un érotisme discret mais certain. Elles sont tirées de cinq films. La dernière est extraite de *Citizen Kane,* de ce moment mythique où le narrateur est vu dans une succession de miroirs brisés.

Résolu à la hâte, ce rébus m'indique qu'Octavie désire accéder avec moi à la transparence du cœur dans un lieu original : le Palais des Mirages du musée Grévin, où se reflètent sans fin les facettes des visiteurs. C'est dans ce décor fractionné que cette beauté entend m'initier à son art de vivre.

Quelques mots d'elle me font céder :

« Nous verrons bien là-bas si l'amitié nous aime ou si la passion nous réclame…

Le silence révèle tout. »

Émerveillé, je découvre un extrait de la liste des silences qui rendent les Double-Cœurs chaque jour plus amoureux. C'est Octavie qui me l'adresse. Nul doute que l'aimer, c'est les explorer tous :
– Le silence en se regardant à la dérobée pour mieux surprendre l'autre.
– Le silence épicé qui précède le baiser.
– Le silence d'une méditation partagée. S'y infuse une intensité qui vaut toutes les griseries érotiques.
– Le silence quand on écoute véritablement l'autre ; l'un des plus irrésistibles.
– Le silence admiratif devant le cœur intelligent de son Amour.
– Le silence qui évite de se décocher des mots cruels.
– Le silence qui précède les fous rires partagés. Cette sorte d'éclat de rire qui dissout les soucis.
– Le silence complice dans les dîners (délice absolu).
– Le silence émerveillé quand l'autre apparaît plus désirable que jamais.
– Le silence en écoutant ensemble de la musique. Ce silence-là juche dans un nirvana de plaisir.
– Le silence joyeux du matin lorsqu'on se réveille ensemble, drogués de joie !

N'es-tu pas indigne de l'amour ?

Je saute dans un bus, direction le musée Grévin. Dieu qu'il fait étouffant. Je suis certain que dans notre mutisme obstiné s'entrebâilleront les portes de perceptions qui ne s'ouvriront jamais dans le vacarme d'une discussion.

Les femmes au double-cœur sont plus difficiles d'accès que celles aux sentiments ordonnés. Les Double-Cœurs sont assez sûres d'elles pour exiger d'être décryptées. S'il ne s'agit pas d'une *Testeuse de fidélité* aux ordres d'un Arnacœur perfide... Séduit, je fais le pari de la croire authentique. Happn m'indique que nous nous sommes déjà croisés à sept reprises... Octavie existe bien.

Dans le bus, je m'avise qu'il serait risqué de miser toute ma sensibilité sur une envoûtante susceptible de m'asservir. J'ai peur de l'empire absolu de ces Double-Cœurs, tout en répugnant désormais aux femmes à l'âme timide.

Un message direct de Natalie me rappelle à son ardeur.

Hésitant, je relance les dés. Un chiffre impair me fait lui répondre – oui, j'en ai honte. Cette fervente qui jamais n'importe la banalité dans son quotidien me subjugue, je l'avoue. Comment résister à un fragment d'infini ? Natalie fait partie de cette génération ardente, illimitée et imaginative, surgie dans une époque tiède et molle. À ce spectacle, leurs cœurs se sont navrés puis révoltés.

Tout de suite, nous nous accordons.

Plus que je ne le voudrais ; mais peut-on complètement juguler les sentiments d'un cœur trop bien battant ?

Natalie et moi savons que l'amour nous veut.

Nous sentons bien, au fil de nos échanges écrits, que nous respirons le même ciel sans tache, où brille le même désir fou d'entièreté. Natalie et moi avons tant souffert depuis l'enfance de vivre parmi les morts ou les demi-vivants.

Sans que nous sachions bien comment ou pourquoi, un rendez-vous est pris pour le lendemain. Natalie m'attendra dissimulée derrière un loup.

Un instant, je me dis :

« *N'es-tu pas indigne de l'amour, toi qui échanges avec plusieurs femmes au lieu de dédier ton cœur à une seule ? Tu as beau jeu de te cacher derrière les dés, c'est bien toi qui les lances !* »

La vérité est que ces trois femmes Double-Cœurs plaisent à des morceaux distincts de mon âme : la part absolue est captivée par Natalie, la portion qui se repaît des menus plaisirs ne vibre que pour Octavie et le cœur de mon cœur reste pour Madeleine, souveraine incontestée de mon imaginaire.

M'en voudraient-elles d'apprendre ma duplicité affective ? Ah, je veux croire que oui ! En tout cas, pas sottement. Ces filles Double-Cœurs sont chacune le tiers d'un cœur parfait. Ne peuvent-elles saisir, sans trop de froissements, que tout homme rêve en vérité de l'addition de leurs sortilèges ?

Le Palais des Mirages

Dans le hall du musée Grévin, je gravis les escaliers et m'engouffre dans le Palais des Mirages, cette curieuse attraction de l'Exposition universelle de 1900 qui fut sauvée en ce lieu.

Nous sommes un jeudi. Il n'y a personne à cet endroit où règnent un goût excellent et un luxe tempéré. La féerie ne fait plus recette, la canicule asphyxie déjà la capitale.

J'entre, passe devant un gardien repu et solennel qui mijote dans sa sueur. Les lampes s'éteignent. Par un jeu de lumières et de miroirs, l'espace se dédouble, se déploie et se répète à perte de vue. L'infini m'enveloppe aussitôt, se dilatent mes sensations.

Je m'aperçois alors que je ne suis pas seul.

Dans le jeu des démultiplications, je reconnais une silhouette de dos qui me semble nue : celle d'Octavie. Ses cheveux cuivrés lui donnent un port de reine. Dans l'obscurité chatoyante, seuls ses yeux brillent dans le reflet des miroirs. Elle me jette un regard exigeant réponse. Octavie a des yeux bleu cobalt, de ces pupilles denses dont on n'ose pas détacher les siennes. Sa beauté de danseuse paraît dupliquée sur tous les murs. Cette Double-Cœur porte une fine combinaison qui lui fait une seconde peau et une poitrine remarquablement dessinée. Elle semble à demi nue. Ah, je voudrais vieillir cet ange trop séduisant, lui retirer un peu de sa divinité.

Octavie se retourne et je lui découvre alors un loup... celui de Natalie.

Je reste coi, désemparé.

Elle l'ôte et je vois enfin... la figure de Madeleine qui se fractionne en mille reflets.

Cette fille est bien l'épure des trois passionnées : Madeleine, Natalie et Octavie.

Sans l'avoir soupçonné, j'ai rendez-vous avec le trio de jeunes femmes qui me fascine, désormais réduit à une seule : une *femme complète,* entièrement livrée à l'amour, une toutàlafois. Quelque chose en moi jubile, frémit et s'inquiète. Je n'ai jamais attendu que cela. Mais on n'aime pas une telle femme plurielle en restant au point mort. Par elle, je vais devoir me connaître autre, plus largement.

Autour de moi, un moustique dévide sa petite musique. Je le chasse et m'interroge : comment une telle méprise a-t-elle été possible ? Par quelle magie ai-je été berné ?

Ne sachant plus où donner de l'identité, Madeleine éclate de rire, d'un rire aérien, presque un grelot qui se répercute sur les parois mobiles et si changeantes du Palais des Mirages.

Au lieu de me faire reproche de mes cachotteries, elle part dans un fou rire qui contamine et délivre de toute gravité. Sans doute flaire-t-elle que notre rencontre n'est qu'un commencement. Dieu ! qu'il est allégeant pour une femme de s'assumer unifiée face à un homme ! Au risque de choquer. Au péril d'être incomprise, mais nous sommes déjà sûrs l'un de l'autre.

Quand cessent les féeries de lumière, de reflets et de sons, je découvre que ses traits ont une grâce qui dépasse la beauté. Quelque chose du soleil tropical double la délicatesse de son visage. Je lui trouve une vitalité hors série, bien que ses yeux soient voilés par un curieux fond de tristesse. La détresse rieuse de cette femme me rejoint. Nous passons par des chauds-froids, le sang nous bat dans les tempes. Je perçois en elle un écho complet de ma solitude.

D'un sourire heureux, Madeleine me fait signe de la suivre.

Sur le boulevard, elle a la complaisance de

me laisser l'admirer. Je sens qu'elle me scrute également.

Quasi dénudée tant elle est moulée par sa mince combinaison, Madeleine enfile un manteau par décence et nous engouffre dans un taxi piloté par un chauffeur qui mâchonne des bouts de phrases qui éclatent contre ses dents fines. Ses seins menus attachés haut me fascinent, sa bouche arquée par un pli de perpétuel sourire me séduit.

En taxi

Je rouvre l'application happn et, via la messagerie, lui demande :

— C'était vrai, le mariage de demain ?

Madeleine jette un œil allumé sur son smartphone et tape :

— Oui, et annulé. Antoine aime Madeleine et Octavie, pas assez Natalie… Elles ne sont pas dissociables !

Je respire. Le chauffeur grogne. S'échappent d'entre ses lèvres des bribes de mots déchiquetés.

Déjà je sais que je garderai les vêtements dans lesquels Madeleine m'a vu pour la première fois et l'écharpe sur laquelle son bras s'est posé pour me faire entrer dans la voiture. Tout se drape de merveilleux.

Près de cette fille, je me sens plénitude et manque, joie et panique. Elle me jette dans une excitation doublée d'une paix inconnue.

Madeleine me lance un regard qui prend un sens irréparable. Sans doute est-elle heureuse d'être enfin aimée sous ses trois visages. Sa gaieté animale me transporte. Jamais je n'aurais cru que la vie pût me combler à ce point. Je me sens prêt à surmonter toutes les fatigues de la vie auprès d'elle. On ne vit que pour ces moments-là ; le reste du temps, on s'occupe.

Nous sommes en route pour remonter le fleuve Silence, ce cours d'eau si oublié par notre époque.

Dans le feu

La rencontre silencieuse est un voyage que je recommande à tous ceux qui veulent fumer l'opium de la complicité. La soustraction de la parole déverrouille les autres langages.

Le mutisme conduit à la transparence. Il flétrit le mensonge. Pour communiquer sans aucun filtre, il faut se taire. Les résidus de rôles qui nous agrippent prennent alors congé, sans effort. Il en sourd une excitation aussi intense que calme.

Mais au bout de ce trajet, j'ai d'abord rendez-vous avec l'inédit.

Le chauffeur grogneux nous dépose devant le Palais de justice. Un pompier de l'établissement, sans doute des relations privées de Madeleine, nous y introduit en fraude. Les pompiers disposent de toutes les clefs des lieux publics de Paris.

Sous un soleil excessif, le costaud nous fait gravir mille marches, périlleuses pour certaines. Il nous emmène sur les toits brûlants de la Sainte-Chapelle, juste sous la flèche. La vue sur Paris est d'une profondeur sans limite. Le merveilleux nous donne rendez-vous.

Face au ciel rempli de soleil, le pompier au regard vide nous laisse. Madeleine veut pour nous des horizons sans frontières. Sur ces toits, nous respirons l'immensité dans une chaleur qui fait danser les lointains.

Madeleine compose alors quelques mots sur son smartphone :

Peux-tu aimer les trois en même temps, Octavie, Natalie et Madeleine ?

Je lui réponds sur le mien :

Trois fois plus toutes les trois. Comment ne pas les remercier de cohabiter dans ta peau ?

Sans qu'elle m'en prie, déjà tanné par le feu de midi, je lui écris alors en direct ma lettre d'amour, toujours sur mon smartphone. Ne m'a-t-elle pas demandé que notre passion soit nourrie d'une correspondance ?

Madeleine-Natalie-Octavie,

Votre intelligence de l'amour a placé notre rencontre sous le signe de l'acceptation entière de l'autre ; celle qui permet d'être soi.

Les êtres croient aimer en posant des « conditions » car il faudrait « se respecter » – et ils réduisent l'amour. Toi, tu l'agrandis ! Tu es l'Amour ! Celui qui prend ses quartiers dans la joie dénormée. Celui qui explore le merveilleux. Et qui, de ce fait, ne peut pas fléchir.

En plaçant le sexe au-delà de tout jugement, tu me séduis. Tu me rends joyeux de toi. D'ailleurs je ne sais plus si je dois encore parler de « moi » ou remplacer désormais ce mot par « nous ».

En faisant de l'amour non un problème à régler mais LA solution à tout, tu ne pouvais pas mieux t'approcher de mon cœur.

Avec toi et par toi, je reconnais l'Amour.

Ton Alexandre qui t'aime.

Madeleine me sourit plein soleil. Un instant avant, elle avait le visage vacant. Là, elle est pleine de moi. Nos lèvres se gorgent de chaleur. Je sais alors que nous allons être l'homme et la femme les plus heureux du monde – si aucun Arnacœur ne nous esquinte.

Madeleine me place alors sur les yeux un masque et m'entraîne en riant avec légèreté :

Je t'emmène au ciel... chut !

Pas un mot.

En l'air

Plongé dans l'obscurité, je me laisse guider par la main légère de Madeleine.

Je devine que nous rejoignons le vacarme du boulevard du Palais. Madeleine me loge dans les oreilles des boules Quies. Celles-là sont celles d'un jeu. Elle se dresse d'une détente et me pousse dans une voiture.

Au son d'une radio, je finis par deviner que nous sommes à bord d'un taxi bolide. Sa main ne quitte pas la mienne. Vers quel ciel me conduit-elle ?

Ça a tout l'air d'un jeu mais je sais que c'est plus que cela. Chaque amour de grande taille est habité par un mythe. Madeleine nous en fabrique un.

Vingt minutes plus tard, elle ôte mes boules Quies et glisse dans mes oreilles des écouteurs. La voix de Whitney Houston m'envahit. Je sens qu'elle écoute le même morceau.

Nous sortons du taxi. Les rayons de midi me chauffent le visage. Je frôle des passants, des corps qui s'incurvent et sinuent, devine des rires. On pouffe sur notre passage. J'éprouve la sensation d'entrer dans un hangar frais.

J'entends alors, par-delà le timbre de Whitney, le bruit rauque d'un moteur dont le vrombissement va croissant, auquel se mêlent des voix joyeuses.

Alors, Madeleine me fait enjamber une balustrade et… je m'envole. Le sol fuit sous mes pas. Je m'élève en même temps que le chant de Withney Houston, comme si j'étais porté par sa voix.

Où sommes-nous ?

Madeleine ôte le masque de mes yeux et je découvre son sourire, son regard de mercure qui pénètre en moi. Je suffoque de surprise. Nous flottons en plein ciel et partageons la même musique. Nous sommes au cœur de la soufflerie installée dans le hall de la Cité des sciences de la Villette. Une cage transparente tout autour de nous. Quelle beauté !

Madeleine m'embrasse fastueusement et nous tournoyons sans fin dans le vent qui nous enveloppe. Une Double-Cœur ne s'embrasse pas ailleurs que dans un coin de paradis… Son regard contient un accord muet qui vaut complicité. Nous tournons, tournons à en perdre la tête, tourneboulés par le plus long baiser que j'aie jamais donné et reçu.

Je me sens quitter une époque boiteuse et revenir à la vie même. L'amour parfait ne se conjuguera plus au futur. Il tient déjà ses promesses.

L'ennui que j'ai longtemps traîné derrière moi ne me poussera plus à de nouvelles conquêtes, je le sens. Je me sais guéri de la vie clandestine. Madeleine est la femme manquante, celle qui m'introduit au bonheur d'être. Elle a des accointances avec l'émerveillement.

La soufflerie s'apaise. Nous redescendons vers un filet sous les vivats des spectateurs. Madeleine change la musique que nous écoutons.

ABBA déboule dans nos tympans.

Sans aucune gêne, Madeleine se met alors à danser bras en l'air, tout en s'extrayant de la soufflerie. Les curieux sourient. Son allégresse détonne et réjouit et les visages s'éclairent de son excentricité. Pour la première fois, je fais fondre la banquise de ma réserve pour danser moi aussi, les mains au ciel, sans plus craindre le ridicule. Mon corps redevient fluide. Le cœur me bondit dans la poitrine. Quoi de plus généreux que de rendre l'autre léger ?

Madeleine m'entraîne alors à l'extérieur.

Où nous conduit-elle dans cette chaleur ?

Dans l'eau

Trente minutes d'euphorie dansante plus tard, nous rejoignons le bord des fontaines du Trocadéro. Des canons à eau climatisent Paris. Ils dispensent une brume légère.

Madeleine me saisit par la main et, sans enlever ses vêtements, entre dans l'eau de la fontaine sous cette bruine. Sa taille est souple et élégante. Si elle triomphe, c'est par la simplicité. Que veut-elle me dire ? Que nous aurons toujours le droit de nous désaltérer l'un de l'autre ? Après le feu des toits, l'air de la chute libre, l'eau régénérante ?

Je pénètre à mon tour dans la fontaine géante. Mes chaussures font flic floc. C'est simple, délicieux et étrange. Notre passion se teinte d'esthétisme et de symbolisme. Madeleine est à la fois la plus réelle et la plus irréelle des filles que je connaisse. Elle instaure du sens là où un esprit inattentif verrait de l'anecdotique.

Nous esquissons quelques brasses coulées dans cette piscine improvisée. Baptême de notre passion. Dieu que Madeleine est belle mouillée ! Je sens monter en moi une exaltation égale à celle des coups de foudre de mes quinze ans. D'évidence, on se plaît à la folie. Comme si toutes les légendes amoureuses d'Occident étaient vraies et se rejoignaient dans notre histoire pour nous guérir de nos frustrations.

Au sortir de notre baignade, nous nous étendons au soleil sur une pelouse. Autour de nous, les touristes sourient. Jamais je n'ai ressenti une telle excitation paisible, une telle sérénité incendiée. Je me sens envahi peu à peu par quelque chose d'obscur qui ressemble à la lumière. C'est si beau de gagner un cœur dont on soit sûr parce qu'il n'est que cœur.

Madeleine me sourit et brise le silence.

— Tu as tes dés sur toi ?

— Oui.

— Pair on vit ensemble, impair on s'oublie… et tout ça n'aura été qu'un songe.

Comment ose-t-elle jouer notre amour sur un coup de dés ? Faut-il qu'elle ait une confiance illimitée dans ce que la vie souhaite pour nous !

Madeleine aime tant se servir du hasard pour jouer son destin.

Effrayé comme jamais, je sors les trois petits dés rouges de ma poche.

Je les lance, les regarde rouler. Ils s'arrêtent dans l'herbe : 1 + 6 + 3

Madeleine me sourit.

Tout commence.

Je vais vivre avec trois femmes en une… et me jeter dans la folie de les satisfaire toutes.

Nous entrons dans la vie à deux comme dans une forme de délire[1].

Liste des délires que tout Double-Cœur doit s'autoriser

– Ne pas craindre de disparaître de temps à autre pour affoler l'autre. Créer du vide remplit d'attente.
– S'autoriser à être célibataire une semaine par mois. C'est effrayant et excellent pour refabriquer une distance sans laquelle l'attirance s'étouffe ; elle ne peut respirer qu'à l'écart.
– En cas de mariage, laisser dans un dossier une lettre présignée par laquelle les deux parties acceptent de divorcer dans un délai rapide aux conditions préétablies. Ce risque est sain.
– Régulièrement refaire une scène de rencontre en feignant de ne pas se connaître. Ce jeu est l'occasion de dévoiler des goûts fous que l'autre ignorait encore.
– Aller fréquemment dans des dîners ou soirées séparément *sans dire que l'on est ensemble*

1. On se souviendra que ce « délire » est parfaitement réalisable si l'on se donne la peine de consulter, en annexe de ce livre, le « mode d'emploi » pour devenir instantanément un Double-Cœur.

afin de jouir d'une complicité subtile et rigolote.
- Etc.

Détourner happn

— Me désireras-tu toujours quand je serai vieille ? me demande Madeleine, allongée sur l'herbe des jardins du Trocadéro.

Je lui réponds que la matière excellente de son corps traversera sans souci les outrages des saisons ; et si ses lignes parfaites devaient fléchir, je saurais y voir la suggestion rétrospective des formes qui la font aujourd'hui si belle. Sa beauté mûre, j'en suis certain, me deviendra plus émouvante encore, car non seulement je verrai ce que sa beauté sera devenue mais aussi ce qu'elle était du temps de son triomphe.

Madeleine m'écoute déblatérer d'un œil suspicieux en mâchouillant une herbe longue ; puis, électrisée par une idée, elle se relève.

En quittant le Trocadéro, elle ouvre happn sur son smartphone et m'informe de la règle du jeu qui nous attend pour la convoiter toujours :

— Finalement, je ne vais pas quitter happn... Je reste une femme à prendre... « sur le marché » !

Madeleine rit, moi moins :

— Nous… nous ne sommes pas ensemble ?

Une panique m'entre dans le cœur.

Pour moi, il était évident que nous allions nous retirer ensemble de cette application conçue pour la rencontre poétique.

Madeleine précise son projet :

— Alexandre, je te laisse jusqu'à ce soir dix-neuf heures pour être plus séduisant que tous les autres hommes qui me font la cour… Si à dix-neuf heures tu l'as emporté, je me retirerai de happn et serai à toi… pour notre première nuit. Tu pourras alors choisir qui aimer : moi, Octavie ou Natalie…

— Et demain pareil ? dis-je, estomaqué.

— Bien entendu ! s'exclame Madeleine sur le ton de l'évidence. Tous les matins, je rouvrirai mes accès… et serai ouverte à tous les séducteurs jusqu'à dix-neuf heures.

— Tu plaisantes ?

— Non.

Je reste sans voix.

Elle ajoute :

— Veux-tu, oui ou non, une histoire qui en soit une ? Incommode, donc ! Une histoire qui te force à te redéfinir !

Comment répondre à un tel défi ? Est-il possible d'entrer réellement dans cette mystique de la reconquête perpétuelle ? Est-ce tenable ? Jamais il ne me serait venu à l'idée de détourner une application de rencontres pour remettre du piment dans un quotidien dédié à la fidélité passionnée...

Madeleine m'étourdit d'un sourire, me dérobe un baiser et, encore mouillée, s'éloigne dans le vent de la canicule. Par quelle magie une femme parvient-elle à être aussi exagérément désirable ?

Une famille indienne lui demande où se trouve la station de métro Trocadéro ; elle répond spontanément en gujarati, plaisante avec les enfants et décampe.

Dans le désarroi de mon cœur, je m'interroge.

Comment diable espérer la reconquête de Madeleine avant dix-neuf heures ? Pour ses yeux, aucune épreuve ne me répugne mais... où trouver chaque matin l'énergie d'étancher les désirs de trois femmes aussi exigeantes, débarrassées de toute coque sociale, du moindre frein !

Mais n'est-ce pas cette impossibilité douloureuse qui me tente ? Même si je dois ressortir lessivé de ce quotidien. Me reviennent à l'esprit les passages où, dans *Les Double-Cœurs*, Madeleine Lévy écrit :

« *On ne saurait aimer longtemps de passion sans inquiéter celui ou celle qu'on a l'honneur d'adorer. Aimer bien, c'est frustrer. Les dividendes de ce martyr sont supérieurs à ceux des satisfactions hâtives.*

Ne craignez pas de hâter l'intranquillité de l'autre.

L'amour fou doit rester le perturbateur de l'esprit public.

Quiconque déroge à cette règle le paiera plus cher qu'une forte dose de contrariété. L'ennui et l'effritement du désir sont plus cruels encore que la nervosité née d'un jeu – fût-il dangereux. Spéculer sur l'inquiétude est de bon rendement pour qui souhaite maintenir la tension d'un récit. Chaque délice proposé doit receler sa dose de manque. »

Madeleine Denon ne fait que suivre à la lettre les préceptes sacrés de son inspiratrice. Ah, dans quel piège me suis-je jeté en me laissant subjuguer par une Double-Cœur ? Mais ne faut-il pas préférer l'enfer délicieux au bonheur méticuleux ? Se damner n'est-il pas un privilège ?

Jouer c'est vivre deux fois, c'est duper le sort.

Et convertir sa vie en thriller.

Ah, comme il est dangereux d'être prudent !

L'impossible arrive toujours

Tenaillé par la jalousie, je furète sur la page Facebook de Madeleine, et me mets à surveiller ses galants. Sans voir la chance qu'il y a à trembler pour l'autre et à échapper à la léthargie de l'indifférence.

Parmi la nuée de mâles qui tournoient dans son sillage, je repère de fieffés Double-Cœurs qui ne manquent pas de talent :

— L'acteur britannique Hugh Grant s'est glissé dans la horde. Il déploie des trésors de mots d'esprit – avec quelques fautes de syntaxe française, nul n'est parfait – qui ne laissent pas de m'irriter. Est-ce bien lui ou un *fake* ? Le ton semble bien le sien… à moins qu'il ne s'agisse d'un excellent sosie moral.

— Quelques animateurs sémillants de la télévision qui fabriquent le fond sonore de notre époque. L'esprit d'à-propos ne fait pas défaut à ces briscards du divertissement, tout comme leur amoralisme tranquille, ce qui m'agace prodigieusement. Là encore, j'hésite. A-t-on affaire à des plaisantins ou bien des Arnacœurs ? On ne m'ôtera pas de l'idée que les véritables *people* peuvent désormais chasser à visage découvert sur la Toile puisqu'on supposera avoir affaire à des *fakes* !

— Il est donc tout à fait possible que le Patrick Bruel qui l'entretient soit le véritable Patrick. Chanteur resplendissant déjà au bord de sa légende, il ne laisse pas de marbre ma Madeleine…

— Une ou deux célébrités s'arrêtent un instant sur sa page Facebook. Comment rivaliser avec ces experts en charme qui lui proposent les danses les plus variées ? Le vacarme de leur existence médiatique ne doit hélas pas être sans séduction pour une femme capable de relancer sa vie à coups de dés…

De cette visite je ressors avec l'obligation de la faire rire sans délai. Ce n'est pas elle qu'ils ont convoitée mais son image. Or elle n'est pas son image.

Parmi mes concurrents éventuels, une photographie me fait soudain bondir. Je reconnais le profil de Dizzy qui courtise sournoisement Madeleine ; et là, il ne peut s'agir d'un *fake*. Son pseudo est transparent : Izzyd ! Il confesse même l'avoir repérée sur happn !

Aussitôt, je file sur son profil et m'aperçois que le très ironique Dizzy-Izzyd y est répertorié en tant que… Double-Cœur patenté, breveté même par une fréquentation intensive du livre de Madeleine Lévy, comme s'il avait lui aussi changé de religion. A-t-il dérogé à sa vision tragique ? Lui, le prince de la distanciation, a-t-il remisé son ironie pour se fondre dans le dispositif mental des Double-Cœurs ? S'est-il lui aussi enamouré de la passion à perpétuité ?

En lieu et place des photographies de son profil happn, mon cher éditeur a fait figurer la carte de Tendre des Double-Cœurs ! Et le voilà qui courtise, avec de merveilleux empressements, toutes les Double-Cœurs qui écrivent au plus près de leur liberté !

Je reste coi.
Que s'est-il passé ?

La vérité de Dizzy

Sidéré, j'apporte à Dizzy la double version de mon texte. Celle que vous venez de lire – transcription frénétique de ce que j'ai vécu – et une version railleuse, expurgée de tout sentimentalisme. J'y déploie une esthétique du cynisme, en surdoué du malheur. Comme l'éditeur-dandy s'étonne de ce double travail dans son bureau étroit des éditions des Saints-Pères, je m'explique :

— La version sombre s'adresse à Dizzy, l'optimiste est destinée à Izzyd.

— Hum… Izzyd… vous l'avez repéré ?

— Mon texte positif mérite une salve de mépris de Dizzy, mais Izzyd devrait en raffoler.

— Hum… Hum…

— Qui êtes-vous donc ? Dizzy ou Izzyd ?

— Mon cher Alexandre, Zaza et moi détestons être assignés dans une pensée fixe ou nous laisser verrouiller dans une identité qui sent le renfermé. Écrire, c'est disperser les préjugés. Être un Zélig demeure mon seul tropisme. Moi aussi je veux être un toutàlafois. Vous ne me verrez jamais plongé dans le formol des opinions simples !

— Êtes-vous amoureux d'une Double-Cœur ?

— Ma fébrilité a besoin de se fixer sur une illusion. Mais je n'ai pas encore déniché la pourvoyeuse d'absolu que le hasard mettra sur ma route.

— Avez-vous été sincèrement ému par *Les Double-Cœurs ?*

— J'en suis en partie l'auteur… souffle-t-il.

— Pardon ?

— La traduction par Cocteau du livre de Madeleine Lévy souffrait de trop de cocteauismes, de maniérismes. Ce poète a le défaut de ne pas savoir s'effacer devant son sujet. J'ai aminci sa prose jusqu'à ce qu'elle atteigne la pureté requise par madame Lévy. Plus ces pages sont devenues les miennes, plus je les ai aimées. C'est là le mystère des mots. Ils peuvent tout, y compris faire naître notre identité contraire… jusqu'à me changer en Izzyd !

— Qu'est-ce qui vous a le plus intéressé chez les Double-Cœurs ?

— Ce sont les champions des mots qui font que l'on vit. Ils savent que *Les Mille et Une Nuits* ont raison : on ne peut aimer longtemps qu'une femme-récit, une femme-roman qui sans cesse refabrique du suspense. Une femme qui croit en la littérature, qui est littérature… donc vérité. Et puis…

— Quoi ?

— « Ils réalisent dans mon histoire le futur antérieur de ce que j'aurai été pour ce que je suis en train de devenir », comme disait Lacan. Saviez-vous que Lacan, toujours en quête de contre-chapelles, fut sans doute le premier des Double-Cœurs ? Il fut, je le crois, l'amant de Madeleine, plus fort que Xander – c'est tout dire.

Contre toute attente, Dizzy sollicite mon aide pour liquider Zaza, son ténia qui le sauve de la solitude depuis dix-huit ans déjà, cette bête intestine qui lui fait parfois dire *nous* au lieu de *je* :

— Si je ne me débarrasse pas de cet animal, il n'y aura jamais de place en moi pour une femme Double-Cœur...

Dizzy verse du lait de ferme dans une soucoupe, me tend une paire de ciseaux et se hisse sur la barre de traction de son bureau qui lui maintient le ventre plat. Puis il bascule la tête à l'envers, dans la position dite du cochon-pendu.

À sa demande, je place la soucoupe remplie de lait sous sa bouche, à l'aplomb de sa gorge ouverte, au motif que les ténias sont attirés par l'odeur du lait frais.

— Quand Zaza apparaîtra entre mes dents pour laper le lait, coupez-lui la tête sans pitié !

Médusé, je me poste au ras du sol et attends

le ténia. Quinze minutes plus tard surgit du gosier d'Izzyd la tête minuscule du ver solitaire. D'un coup d'œil, le prince des Lettres me fait signe d'agir. Je saisis la paire de ciseaux et, avec horreur… décapite Zaza d'un coup sec. La tête tombe dans le lait. L'amour fou l'emportera chez Dizzy.

Soulagé, l'éditeur acrobate se rétablit souplement et me déclare en rajustant sa chemise blanche :

— Mon cher Alexandre, je vous édite !

Le nouveau peuple de l'amour fou

Longtemps nous avons débattu, Dizzy et moi, de l'angle mort de cette histoire. À présent que Madeleine Lévy a réussi à chahuter les cœurs d'Occident, faut-il publier sous nos latitudes moyennes *Les Double-Cœurs* ? Dans sa version cocteauisée, revue et amincie par lui.

La question fut examinée dès que le corps interminable de Zaza fut évacué par les voies basses ; ce qui donna lieu à d'étonnantes obsèques. Jamais ver solitaire ne vit ses anneaux enterrés en terre profane avec plus de cérémonial. Dizzy prononça un éloge funèbre des plus émouvants, bénit le corps du ténia décapité et c'en fut fini de leur solitude partagée.

Une fille Double-Cœur pouvait désormais se faufiler jusqu'à son cœur.

Cette confrérie ne cesse à présent d'échapper à l'emprise de l'actualité morte. Elle établit ses contre-dogmes en rupture avec la doxa moderne. Mais ne sont-ils pas encore trop rares, ces professeurs de passion longue ? Ces ventileurs de gaieté ?

Puisqu'ils ont tous Madeleine Lévy comme agent secret, doit-elle faire en ce début de siècle – qui se cherche des phares – son *coming-out* littéraire ? Ne faut-il pas parachever la diffusion commencée par Jean d'Ormesson ?

Lire cette auteure prophétique, c'est accepter une mise en liberté ; c'est s'échapper des mythes tragiques qui ont terni l'amour dionysiaque tel qu'il fut pratiqué dans l'Antiquité ; c'est aimer assez sa joie amoureuse pour aimer celle de l'autre ; c'est tourner à jamais la page de *Roméo et Juliette*, cette pièce malsaine qui cadenasse dans l'idée que seule serait éternelle la passion éphémère, sanctifiée par une mort sérieuse ; c'est ouvrir pour toujours ses ailes d'albatros ; c'est agrandir son horizon par une espérance : être des toutàlafois.

Mais pour l'instant, je me range à l'opinion avisée de Dizzy. Certaines paroles sont puissantes par leurs diffuseurs. Le biais touche plus profondément le cœur que la sermonnerie. Aristote vaut par Platon, le Christ par ses

MODE D'EMPLOI

Ce livre est déjà adapté dans la vie réelle. S'offre à vous la possibilité de rejoindre le peuple de l'amour fou.

Vous pouvez coïncider avec le sublime.

Pour qui souhaite devenir instantanément un Double-Cœur, cinq solutions :

– Trouver un « mode d'emploi » complet sur double-coeur.com
– Retrouvez notre communauté de Double-Cœur sur la page Facebook : Alexandre Jardin « Double-Coeur ».
– Suivre les folies charmantes des Double-Cœurs sur Twitter : @AlexandreJardin « Double-Coeur »
– Respirer l'humeur des Double-Cœurs sur Instagram : @alexandrejardin.doublecoeur
– Découvrir en temps réel les Double-Cœurs que vous venez de croiser dans la rue en vous

inscrivant depuis votre mobile sur happn, l'application au slogan simple : « Retrouvez qui vous croisez. » Afin d'être identifié comme Double-Cœur, glissez dans vos photos de profils la carte de Tendre des Double-Cœurs (c'est le code !). Il vous suffira de la prendre en photo sur la couverture de ce livre ou sur Facebook, Twitter ou bien sur le site des Double-Cœurs.

Composition et mise en pages
Nord Compo à Villeneuve-d'Ascq

Cet ouvrage a été imprimé par
CPI BRODARD ET TAUPIN
pour le compte des Éditions Grasset
en août 2018

PAPIER À BASE DE
FIBRES CERTIFIÉES

Grasset s'engage pour
l'environnement en réduisant
l'empreinte carbone de ses livres.
Celle de cet exemplaire est de
600 g Éq. CO_2
Rendez-vous sur
www.grasset-durable.fr

N° d'édition : 20555 - N° d'impression : 3030259
Dépôt légal : octobre 2018
Imprimé en France